大家小书

希腊漫话

罗念生 著

北京出版集团公司
北京出版社

图书在版编目（CIP）数据

希腊漫话 / 罗念生著 . — 北京 ：北京出版社，2016. 7
（大家小书）
ISBN 978-7-200-12007-3

Ⅰ. ①希… Ⅱ. ①罗… Ⅲ. ①散文集—中国—当代 Ⅳ. ①I267

中国版本图书馆CIP数据核字（2016）第064964号

总策划：安 东 高立志 责任编辑：王忠波

· 大家小书 ·

希腊漫话

XILA MANHUA

罗念生 著

*

北京出版集团公司
北京出版社
出版

（北京北三环中路6号 邮政编码：100120）

网 址：www.bph.com.cn

北京出版集团公司总发行

新华书店经销

北京华联印刷有限公司印刷

*

880毫米×1230毫米 32开本 7.5印张 127千字

2016年7月第1版 2018年5月第3次印刷

ISBN 978-7-200-12007-3

定价：32.00元

质量监督电话：010-58572393

序　言

袁行霈

“大家小书”，是一个很俏皮的名称。此所谓“大家”，包括两方面的含义：一、书的作者是大家；二、书是写给大家看的，是大家的读物。所谓“小书”者，只是就其篇幅而言，篇幅显得小一些罢了。若论学术性则不但不轻，有些倒是相当重。其实，篇幅大小也是相对的，一部书十万字，在今天的印刷条件下，似乎算小书，若在老子、孔子的时代，又何尝就小呢？

编辑这套丛书，有一个用意就是节省读者的时间，让读者在较短的时间内获得较多的知识。在信息爆炸的时代，人们要学的东西太多了。补习，遂成为经常的需要。如果不善于补习，东抓一把，西抓一把，今天补这，明天补那，效果未必很好。如果把读书当成吃补药，还会失去读书时应有的那份从容和快乐。这套丛书每本的篇幅都小，读者即使细细地阅读慢慢地体味，也花不了多少时间，可以充分享受读书的乐趣。如果把它们当成补药来吃也行，剂量小，吃起来方便，消化起来也容易。

我们还有一个用意，就是想做一点文化积累的工作。把那些经过时间考验的、读者认同的著作，搜集到一起印刷出版，使之不至于泯没。有些书曾经畅销一时，但现在已经不容易得到；有些书当时或许没有引起很多人注意，但时间证明它们价值不菲。这两类书都需要挖掘出来，让它们重现光芒。科技类的图书偏重实用，一过时就不会有太多读者了，除了研究科技史的人还要用到之外。人文科学则不然，有许多书是常读常新的。然而，这套丛书也不都是旧书的重版，我们也想请一些著名的学者新写一些学术性和普及性兼备的小书，以满足读者日益增长的需求。

“大家小书”的开本不大，读者可以揣进衣兜里，随时随地掏出来读上几页。在路边等人的时候，在排队买戏票的时候，在车上、在公园里，都可以读。这样的读者多了，会为社会增添一些文化的色彩和学习的气氛，岂不是一件好事吗?

“大家小书”出版在即，出版社同志命我撰序说明原委。既然这套丛书标示书之小，序言当然也应以短小为宜。该说的都说了，就此搁笔吧。

“奥林波斯山”上的求索

——重读《希腊漫话》

罗锦鳞

1929年家父由清华大学公派赴美留学。1933年，他出于对古希腊文化和艺术的热爱，从美国转赴希腊雅典美国古典学院学习。用了一年多的时间，他周游希腊各地，亲身感受古希腊文化的熏陶……1934年末返回祖国，陆续将他的感受撰文发表。在抗日战争期间，家父将散发的文章，汇集为《希腊漫话》（1941年出版）一书，企望以古希腊的英雄故事和历史，鼓励国人奋起抵抗日本侵略者。

新中国成立后，《希腊漫话》得以再版（三联书店1988年出版），其中加收了他1986年随中央戏剧学院《俄狄浦斯王》剧组赴希腊参加第二届国际古希腊戏剧节的随笔“重游希腊”一文。2004年他的全集出版，其中收录了《希腊漫话》一书，并增收了他1988年随哈尔滨话剧院《安提戈涅》剧组再次访问希腊撰写的《希腊游历漫记》一文（发表于1990年《文汇报》）。

今年，北京出版集团又将此书以单行本再版，列入“大家小书”，既是对《希腊漫话》一书在古希腊文化普及方面的肯定，也从一个侧面说明古希腊文化已经引起了广大读者的兴趣，不再曲高和寡。此次再版，增选了他介绍古希腊文化、艺术和戏剧的专论文章，与《希腊漫话》合为一集，分为上、下两编：上编“漫话”十七篇，下编“闲话”十四篇。

家父一生除教学工作外，从事古希腊文化的研究和翻译几十年如一日。他给我们留下了一座“奥林波斯山”，让我们能在神山中领略古希腊文化和精神。

在家父的熏陶下，从20世纪80年代中期始，我将他翻译的多部古希腊悲剧和喜剧，搬上了中国和国际的舞台。转眼就是三十年时光。家父的文章如他本人，平实、清秀、娓娓道来，让人感觉亲切。今日重读《希腊漫话》，其中许多篇章中的内容，让我这三十次造访希腊的人，仍然感到清新、亲切、如是。五十多年前他的游记、特写、随笔、抒怀……是我们认识希腊和了解古希腊文化的很好途径，值得一读。

上编：“漫话”并不漫涣，以希腊历史带我们漫游希腊。

家父是一个饱含着爱国热情的人，无论在什么时代，身处何地，这一热情始终没有改变。他视希腊这块土地为第二故乡，《古希腊与中国》一文，就是他在试图寻找古希腊与中国历史的连接……接下来就是“希腊精神”的世界，所表述的内容是我们了解希腊民族和精神的最概括的介绍。他把希腊精神概括为求健康、好学、创造、爱好人文、爱美、中庸、爱自由七大类。在我的实地体验中的确如此，深深感受和体会他的概括字字珠玑，言简意赅。

“雅典之夜”所描述的情境，今天在建筑上有很大变化，但宪法广场及和谐广场依然是雅典城市文化、交通和休闲的中心，世界旅游者必到之处。文中所描述雅典的场景依然如故。庄严肃穆的国家博物馆、高耸的卫城帕特农神庙、布拉卡市场的灯火迎送着来自世界各国朋友……一杯“希腊咖啡”伴随一杯冰水，还是那样的浓香，引人流连。烤羊腿配树脂葡萄酒还是美食和佳酿……雅典，一座不夜之城，比五十年前家父在时更加繁华和热闹。

雅典城美国古典学院就是他当年就读的学院，1986年他还专门去旧地重游，赠送他的译著给学院，以回报五十年前学院对他的栽培之恩。现今的利卡维托斯山，是观赏雅典全景和夜景最佳之地。

一如诸多读者所说，《焦大》是混入该书的一篇奇文，其中饱蘸的浓情，怕是不在那个时代，难以理解其中深髓。那是一个华人还未走遍世界的时代，当时的雅典就他们两张黄面孔，焦大是他在雅典遇到的唯一同胞。从行文中我们可以感觉到，在那样一个陌生和遥远的世界里，仅有两个同胞的相遇是何等奇妙，说着久违的母语，那是什么样的感受？所以家父尽力帮助和关爱焦大，遗憾的是后来再也没有见到和知晓焦大的下落……也许此文被读者喜欢的原因是在语言之外吧？

《马拉松战役》至《亚历山大之死》数篇是描述古希腊时期的战争和希腊人抗争外族侵略的英雄史实和故事，是家父在民族危难时，为鼓舞民族士气，抵抗日本侵略者的有感而发之作，从中深感家父的爱国民族气节，书写于这些篇章之中。正如他在一版序中所言："我谨将这集子献给东西两个古国的抗战英雄"。家父在抗战前夕，曾因写过抗日的文章，被纳入日本人的黑名单中。在友人处，他获知此事后，不得不抛弃妻儿，只身南下赴川。许多译著都是他在抗日战争时期，在日寇的狂轰滥炸的动乱中躲在斗室油灯下，带着对日本帝国主义侵略者的仇恨完成的。当时，出版业十分困难，但为了民族生存，为了抗战之需，仍然出版了《希腊漫话》和一些古希腊悲剧剧本……

《重游希腊》详尽地记述了他1986年重访希腊的历程。这是他离别雅典五十年后的重返，带着他翻译的《俄狄浦斯王》中国人的演出版本，献演于戏剧的发源地——戏剧的故乡，德尔菲的帕尔纳索斯山下的古竞技场。这是他几十年“梦想成真”的现实，他的激动和激情可想而知。记得一次在雅典的海边午宴时，那时他已是八十二岁的高龄，突然变得像孩童一样，只身兴奋地跑向海边，捧起海水，情不自禁地大声喊出：“爱琴海！我又来到你的身边了！”这是我看到他第一次发自内心的，无法自控的感情表露的瞬间，至今难忘。这是他对自己事业的爱，是对希腊的爱，对世界的爱。

《希腊游历漫记》是他1988年第三次访问他的第二故乡后的作品。他是随哈尔滨话剧院《安提戈涅》剧组赴希腊参加国际古希腊戏剧节的活动。文中详细地记载了他从北京出发，在希腊参加的各种活动的情境，处处充满了他对希腊的情意和对中希文化交流的热心，让人感动。

同年年末，他又受希腊潘特奥斯大学之邀，第四次赴雅典，接受“名誉教授”称号授予典礼。不幸的是，他在飞机上突患肠缠结症，到达的第二天就在雅典住院手术。希腊外交部、教育部和文化部专门为他组织了希腊最好的老中青结合的医疗小组，在雅典最好的医院治疗。为了解决他的特殊供血，从二百多位希腊志愿者朋友中选取，手术才得以进行。家父身体中，融汇了两国人民的血液……

早在1987年12月29日，雅典科学院就宣布，将授予他“最高文学艺术奖”，1988年2月12日，于希腊驻华使馆举行了隆重的授奖仪式。希腊大使代表雅典科学院致辞中，特别赞扬了他在向十三亿人民介绍古希腊文化，几十年来孜孜不倦地研究古希腊文化的贡献，并说这是世界上非希腊公民中，获得此奖项的第三人，塞浦路斯总统还亲笔写信表示祝贺。在仪式上，家父的答词中说：“我一生钻研古希腊经典著作。每天早上，我展开希腊文学书卷，别的事全都置诸脑后，我感到这是我生平的最大幸福。我热爱希腊和希腊人民，爱琴海上的明蓝风光和雅典城上的紫云冠时萦脑际。希腊文化是世界文化史上的高峰之一，可惜我没有攀登到它的顶峰。时值立春，我已经度过了八十四个春秋，但愿我能达到希腊悲剧诗人索福克勒斯的九十高龄，甚至修辞学家伊索克拉底的百岁长寿，使我能努力钻研辛勤译著，以报答希腊朋友对我的厚爱与鼓励。”

可惜他没能实现长寿的愿望。1988年年末，他在雅典手术成功，病情稍有稳定时，就坐在轮椅上出席了授奖仪式，接受嘉奖。经过近两个月的康复，返回北京后，父亲直接住进中日友好医院，直到因前列腺癌症仙逝。因此，他没能就第四次访问希腊接受荣誉写成文章，只在去世前发表的《希腊游历漫记》一文的结尾加了段附言。在附言中他说，“……日前知道我患前列腺癌。我的日子不多了，希望能继续用新诗体译出荷马史诗《伊利亚特》的下半部分。”那是写于1990年3月9日，离他仙逝的4月10日，仅有一个月。《文汇报》发表了此文，《希腊游历漫记》是他生前最后一篇长文。

下编：“闲话”不闲，带我们领略了古希腊戏剧和文化的精髓。

从《谈希腊教育》始到《古希腊雕刻》《古希腊戏剧的光华》是下编的主体，着重地介绍了古希腊戏剧的辉煌成就，三大悲剧家、一大喜剧家、一大戏剧理论家……这些文章不长，有的是为《中国大百科全书·戏剧卷》撰写的条目，有的是散发于各种期刊杂志的散论，通俗易懂地介绍了古希腊文化和人物，拉近了读者与古远的距离。《谈希腊教育》一文，介绍了希腊的孩子接受的家庭和社会教育状况，对孩子的教育的目的“原是为锻炼身心感化性情”。从孩提到十八岁，经过识字、写读、诵读、音乐、舞蹈、角力、自然科学、哲学……到取得十八岁公民资格，还要去接受“军训”，“锻炼身心感化性情”，“直到成为一名很有用的公民，一个很有知识的人”。这些对现实我们的教育改革很有参考价值。《古希腊雕刻》是家父在雅典时期所修的课题之一，也是他学习的心得和知识的总结。文章不长，但把古希腊雕刻艺术的历史、成就、分类、艺术特色简要说明，对我们欣赏古希腊雕刻艺术是非常有帮助的。

家父根据古希腊文研究和翻译的古希腊文著作中，戏剧占有很大比重，所以他关于希腊戏剧理论的文章，对我们学习古希腊戏剧具有重要的参考价值。

《古希腊戏剧的光华》是1986年，中央戏剧学院在中国首次演出《俄狄浦斯王》一剧时，他专门撰文发表在《人民日报》上，介绍古希腊戏剧的光华。“希腊戏剧”和“雅典酒神剧场”是他专门为《中国大百科全书》所撰写的条目，概要地介绍了诞生在公元前6世纪的古希腊戏剧和近代16世纪至20世纪的希腊戏剧，介绍了雅典卫城东南角下的酒神（狄奥尼索斯）剧场的来历。

悲剧是古希腊戏剧的主体，埃斯库罗斯、索福克勒斯和欧里庇得斯是古希腊三大悲剧诗人，这三篇短文概要地对他们的创作经历、历史成就、艺术特色做了精辟的介绍，对我们了解古希腊悲剧和诗人非常有帮助。《阿里斯多芬》则简明扼要地评介了古希腊旧喜剧时期，喜剧诗人阿里斯多芬的生平、作品和成就，可以让我们比较全面地了解阿里斯多芬在喜剧上的贡献。

在《希腊漫话》即将开印的前夕，重读他的文章，感触良多。他离开我们已经有二十五年之久了，在此期间，他的《全集》（十一卷，上海人民出版社）、《古希腊—汉语辞典》（商务印书馆）都在他百年诞辰纪念时面世……成为我们研究和学习古希腊文化的必读之物。

家父把一生的精力全用在了研究和翻译古希腊文化和戏剧作品中，孜孜不倦，硕果累累，可谓著作等身。《中国大百科全书·戏剧卷》收入了他的专条，在条目中是这样评价他的研究和翻译工作的：

> 罗念生翻译，不仅数量多，而且文字讲究，忠于原文，质朴典雅，注释详尽，把诗体原文用散文译出时，不失韵味。
>
> 罗念生的《论古希腊戏剧》和其他文章，对希腊戏剧的思想内容和艺术特点都有精辟论述和系统研究，并有独到见解。他为统一古希腊专用名词的译音，制定出一种比较合理的对音体系，这个译音表，从1957年以来，已被文学出版界所采用，对统一译名起了良好作用。为表彰他在翻译、研究

希腊文学艺术上的成就和贡献，1987年12月29日希腊雅典科学院特授予他“最高文学艺术奖”。1988年11月25日希腊帕恩特奥斯高级政治学院授予他“名誉教授”称号。

从1986年始，我导演过的他翻译的古典悲剧和喜剧达十四部之多，不仅在中国公演，还十九次将这些剧目带到欧洲、亚洲和拉丁美洲许多国家和地区参加各种戏剧节的演出。现在外国的戏剧团体也经常有古希腊戏剧到中国来演出。中国观众对古希腊戏剧已从陌生到了喜爱，这是家父生前的梦想和希望。《希腊漫话》在他离世二十五年后得以重新出版，这是对他的最好的纪念和怀念……如今可以告慰他老人家了，他的在天之灵会欣慰的。

在北京出版集团出版此单行本的过程中，得到北京世纪文景文化传播有限责任公司的热情支持，我在此代表家父和我们全家向两个出版单位表示深情的感谢。

我本人也快到八十了。和家父一样，希望能再多给我些时日，让我在“奥林波斯山”上继续求索，再导演几部古希腊经典，以继承老人家的遗志。

2015年11月12日于北京

目　录

上编　希腊漫话

下编　希腊闲话

上编　希腊漫话

自序

我曾经在希腊游学一年，对于这古代的文化、近世的风俗都发生过一种强烈的情感。回国后写过一些零碎的文字，描述我那一年所记取的印象，后来，我又写了几篇古希腊的抗战史话，总共也有二十来篇了。可惜有些稿子已经散失，无法收集在这里。集子中关于希腊波斯战争的故事多取材于希罗多德的《历史》。我总觉得我们的国运与古希腊的很有相似之处，我们读了这些史话一定更加奋勇！又，关于亚历山大作战的故事多取材于阿里安的《亚历山大远征记》。西西里岛上原有许多古希腊城市，我那次是去参观那些古代建筑的，因此把那篇游记也收在集子里。

如今日耳曼人南下行凶，很令人愤慨！希腊人这次为自由而战，又写出许多轰轰烈烈的史话，我们彼此都深表同情。希望我们的联合阵线胜利后，希腊又得恢复自由。我谨将这集子献给东西两个古国的抗战英雄。

罗念生

（民国）三十年（1941）8月7日

峨眉山麓

一　古希腊与中国

我们通常都觉得东与西原是两个方向，特别是古希腊那样辽远的地域、那样古昔的时代，好像和我们完全没有一点儿关系。其实我们在古时候也受了一些希腊影响，虽然不像西方人那样全盘接受。这影响也可以从文字上看出来。记得好几年前我曾经碰到一位化学博士，这博士还没有“博”以前，沉默寡言，绝不谈什么历史文化，只会说什么二氧化碳、三氧化水。可是当他刚刚“博”了那晚上，他便口若悬河，告诉许多洋毛子说，英国文字很受了一些东方的影响，如像“茶”字转成了tea，typhon原是“台风”的译音。那些毛子听了参信参疑。我那时初初认识几个希腊字母 alpha，beta，gamma，忙去翻字典查查，哪知Typhon原作Typhaon，又作Typhoeus，Typhos，这原是希腊神话里的大力神，虽然也就是“台风”，却难以担保这字的古希腊音也作“台风”，而且这“台”字也难以担保是一个古字。

我现在要说的是中文里的古希腊字。司马迁老先生说过，葡萄是从阿拉伯输入我国的。北平燕京大学的司徒雷登告诉我们，“葡萄”二字原是希腊文botrus一字的译音。据他说，有一把汉镜上刻得有葡萄花纹，很像古希腊的浮雕。我曾经请教司徒雷登，他说得条条是道，但我问他那把汉镜保存在什么地方，他一时可想不起来，也许是跟着人家出洋去了。（后来成都华西大学的葛维汉拿了一把葡萄镜给我看，那上面雕着很均匀的一串一串的葡萄，虽然没有枝叶，但也很素雅可爱，依照样式看来，恐怕是唐代的东西）司徒雷登还说，“萝卜”二字也是从希腊文rhaphe（莱菔，中医称萝卜籽为莱菔子）变来的。此外，有一位东方人说“西瓜”二字是sikua（本义是葫芦）的译音。我初读这生字时，总记不清是什么意思，经他这样一提，我记不清也记得清了，我天天出门不就看见许多冬南西白瓜？还有石榴也是同葡萄一块儿输入我国的，只可惜rhoia一字和“石榴”的字音相差太远了，要不然，我也可冒充一个发现家。

日本关卫先生著了一本《西方美术东渐史》（已由熊得山译出，商务印书馆出版），里面说起一些有趣的史话。

据说希罗多德说过，有一位希腊商人，名叫阿里忒阿斯（Aristeas）的，约在公元前6、7世纪之间到过我国西境。当时的西方人管我们叫seres，这名称是从“丝”字转变来的，由su变成sur，再变成希腊文和拉丁文seres（丝国的人）。有一次我读贺拉斯的短诗就遇着这个拉丁字，没有去查，先生问到我时，我只好红脸。我们知道亚里士多德研究过一种蚕子，那也许是由我国盗去的。据说还有一位希腊商人，名叫马厄斯（Maes）的，实曾到过Serametropolis（意即“丝国之都”），德国人里奇托芬（Richthofen）一口咬定那就是汉长安，但也许是我国西部的城市，当时天山南路的喀什噶尔是著名的国际大市场，这位希腊人也许到过那儿。此外，我们有一个证据可以证明希腊人到过我国，那就是《汉书·地理志》里面记载的张掖郡（即今甘肃）内的骊轩人，据说那些骊轩人原是从一个亚历山大里亚城（Alexandria）移来的，虽然说不定是哪一个亚历山大里亚城，但总是一个希腊系的城市。

当时的东西交通有三条道路。第一条是天山北路，即是由黑海到阿速夫（Azov）海，跨过伏尔加河到里海，再穿过吉尔吉斯（Kirghiz）大平原，爬上阿尔泰山，爬上天山。第二条是波斯南路，由小亚细亚经过米索不达米亚东行。第三条是由海道到广东。这些交通留下一种很真实的痕迹，那便是希腊的艺术精神。据说四川雅安县高颐墓旁的有翼的石狮上面所表现的希腊精神，便是由海道传来的。那石狮雕刻得很简单雄劲。

若干年前希腊人跑到大夏、大月氏居住，为那些本地人雕刻了许多佛像，即所谓犍陀罗（Gandhara）式的雕刻。这一种艺术精神又分两路传到我国：第一路从大月氏经过乌孙，越过葱岭来到我国；第二路南下到印度，成为希腊印度艺术，又回到葱岭来到我国。我国最古的千佛洞要数敦煌的莫高窟，那是前秦时代开凿的，那里面的佛像便是犍陀罗式的雕刻。此外，大同的云冈，洛阳的龙门，宝山的大留圣窟，北响堂的刻经洞、释迦洞、大佛洞，南响堂的华严洞、般若洞，太原的天龙山等处的石刻多多少少都表现这种艺术精神。云冈有几个浮雕小佛像，很像柏林收藏的斯巴达墓碑坐像那样古拙，那样带着古拙的微笑（如今这些无价的艺术珍品不知流落到什么地方去了，我们的亚历山大必能东去把它们收回）。

此外，不知我们还直接或间接受了一些什么希腊影响，如果有人肯在那些山道上或海道上去寻找，也许还可以找到古希腊的歌舞队翩翩飞舞来到唐宋的宫前时所遗下的踪迹。

二　希腊精神

希腊文明是世界文明的高峰，是近代文明的源泉：近代的西方哲学、文学、艺术以及民主政体都是从希腊传来的；我们东方的美术显然是受了希腊影响，试看我们的佛像不就像希腊古拙时期的阿波罗神像？希腊精神的特点很多，我只就下面这几点同诸位谈谈。

（1）求健康的精神。希腊教育很注重身体训练。斯巴达的教育，目的是为造成强健的重甲兵，特别注重体格训练。据说他们的女子可以同男孩儿角力，不管这风气我们赞不赞成，总可以表示他们的特殊精神。雅典的教育却是为造成完善的公民，也很注重身体训练。

现在谈谈雅典的教育方式。亚里士多德曾说，六七岁的小孩依然是动物，因此在这个幼稚时期，总是让他们生长在闺中，受一点家庭教育。满了六七岁，他们就进初级学校，受的是音乐与身体训练，还学习一点数目学，背诵一点荷马史诗。十四岁进高级学校，学习语法、文学、图画、几何等科。到了十八岁，教育就算完成了。此后得受两年军事训练，直到六十岁都要服兵役。在受训期中，还可听听哲学演讲，这是我们的军事训练里面所缺少的。受训满了，他们便取得公民资格，有的回家做农夫，有的再研究哲学和修辞学，后者可以使他们成为演说家，取得政治地位。希腊人爱打官司，或者说爱听人家打官司。他们到了法庭上，双方都得亲自出来辩论，只有外邦人和奴隶才请人代替。据说有一个修辞学教师收了一个弟子，那高足学得了满口辞令，反而不付束脩，师傅便要去控告他，他却说，这官司他打赢了，自然不付学金；万一打输了，那只怪老师没有教好，他也不付半文钱。真气坏了那老夫子！

现在谈谈他们的日常生活。每天早上男人得到市场里去买东西，正如我们现在的大学教授提着篮筐上大街。那些雅典人真是政治动物，总爱打听政治新闻。直到如今，他们见面总是问："阁下对于目前的政局有何高见？"他们还可以在那儿听哲学演讲，如果他们遇见苏格拉底，那就够苦了，老头儿会问得他们哑口无言，把聪明变成愚钝。到了下午，他们便到柏拉图的学园里去听课，听音乐，欣赏艺术；然后运动、沐浴、约朋友来家里进晚餐，他们认为一个人吃东西只算“喂”（feed），要有人共餐才是“吃”（eat）；这年头我们请不起客，“喂”的时候很多！他们进餐时，桌上没有酒，餐后才“会饮”（有人把柏拉图的“会饮”译作“宴会”，似乎不很妥当），谈论哲学，苏格拉底可以同他们谈到天明，他休息片刻，精神就复原了。试看我们的大学教授讲了两个钟头就上气不接下气，比起人家差多了。

他们很少享受家庭生活，他们过的是社交生活、宗教生活、艺术生活、特别是阳光生活，他们的阳光是那样晴明，不像我们这儿雾气沉沉，甚至他们的思想也是那样晴明，没有一点雾。他们一生都在受教育，教育的目的是为人生而不是为生活，这和我们现代的教育观念多么不同啊！

健康的身体养成健康的灵魂、健康的头脑，他们的智力也就特别高。有一位近代生物学家说过，人类的智力自古希腊时代以来并没有什么长进，他认为希腊人与英国人的智力差别，还大于英国人与野蛮人的智力差别，这话也许不差。雅典城在短短的两三百年内竟产生了那许多人才，也许只有意大利的佛罗伦萨城的人才才能和雅典城比一比。佛罗伦萨博物馆的长廊上立着两排石像，尽是他们的天才，但只须一个荷马、一个菲迪亚斯便可以把他们压倒。

（2）好学精神。埃及人和腓尼基人爱的是黄金，希腊人爱的却是学问。亚里士多德说过：“哲学家是一个求知识、为知识而求知识的人。”原来“哲学”二字的希腊文本义，就是“爱好智慧”的意思。

希腊人富于好奇心，急于要求知，他们敢于问“为什么？”他们对大自然发出过许多疑问，想求得解答。比如世界变不变的问题，就有哲学家出来证明，说一个人不能在同一条河里涉过来又涉回去。

希腊人是一个喜欢用思想、用理智的民族。理智的运用可以产生科学、科学方法和抽象的思想。他们爱求事实，爱旅行，亚里士多德就到过许多地方去搜集科学资料。

（3）创造精神。希腊人的思想很活泼、自由，不受宗教的束缚；只因为他们的想象力很高，他们才富于创造精神。

他们接受少许的外来影响（例如埃及和小亚细亚的影响），把外来的东西变成他们自己的东西，变成一种新的东西。柏拉图曾说：“我们把一切从外国借来的东西变得更美丽。”他们吸收过后再行创造，这是我们应该取法的。

外来的影响究竟很少。凡是哲学、科学、艺术，特别是建筑，以及文学上的各种形式，如史诗、戏剧、抒情诗、演说、对话、小说、文学批评，都是希腊人创造的。

（4）爱好人文的精神。我们东方人对于人生的知识只求一知半解就算满足。希腊人是人文主义的发现者，他们首先要求完全了解人类的行为与心理。他们的雕刻只注重人体，文学专描述人性，惟其这样，他们的文学才能永久存在，我们如今读起来还觉得很亲切。甚至他们的神也是人化了的，很富于人性。他们的战神会打败仗，被凡人刺得叫痛。

人性里面似乎只有爱情不是希腊人所能了解的，他们甚至认为这东西会贬低文学的高贵性，这和我们的观念多么不同。直到如今，雅典城白日里没有男女的追逐；可是到了夜里，他们夜夜有月光，全城的青年都配成了对，嬉笑高歌，连园中的鸟儿都不肯入睡，这是我所不能了解的。

欧洲文艺复兴可以说是希腊精神的复活，当时的人从希腊文学与艺术里发现了那种对于人性的趣味，他们便脱离宗教束缚而追求快乐的人生，发动那伟大的文艺运动。

（5）爱美的精神。希腊人不论做什么事情都想达到那最美、最善、最理想的境界。从他们的文学与艺术里可以看出他们有很高的审美力。他们要求崇高、简单、正确、雄健、匀称与和谐。雅典娜处女庙（Parthenon）的建筑是难以超越的，那上面没有一条直线。他们认为直线是死的，曲线才是活的，一条曲线不论跑了多远，终于是会回来的，这对于我们的心理是一种藉慰，因此那神庙的地基也成了一条很微妙的曲线，看来是平的；如果是直线，你便会感觉到中间部分在往下陷。直线的柱子，看来是中间比较细，不稳当。

他们喜欢健美的人生，从不让什么病态的心理表现在文学里。一切是那样宁静，那样美。甚至他们演戏，也不许当场杀人流血，所有凶杀行为都在幕后发生，那剧尾更显得宁静。我有一个朋友读法国戏剧太受刺激，竟害了一场大病，不想活命；我后来介绍他读一两部希腊悲剧，他的心情才平静下来，这也许是这古代戏剧的特殊功能。

歌德在意大利看见一些希腊墓碑，大为感动，因为那上面全没有可怕的景象和悲惨的情调，那些浮雕所表现的净是死者生前的宁静生活。那些古代的雕刻家实在无法表示悲哀，只好叫一个小奴隶伏在椅脚下哭泣，那简直成了一个滑稽人物。甚至希腊人所想象的冥界也没有我们东方人所想象的这样可怕。传说有一个人在冥界推一块石头，快推上山顶时，那石头又滚了下去，他只好再往上推。还有一个人望见满湖的水，他口渴难当，可是等他蹲下去吸饮时，那水忽然就不见了。这便是希腊人所想象的冥土生活。

这种人生观能使他们临危不惧。波斯大军那次开到马拉松时，雅典人依然不慌不忙前去抵抗。几何学家阿基米德在罗马兵到了他门前时，依然在沙盘上解答他的几何问题，不经心地叫人家让开，别挡住他的光亮，因此被那人杀死了，这便是那种宁静生活最好的表现。

（6）中庸精神。希腊人追求黄金的中庸之道，他们不过度，不走极端，这是希腊人生活的秘诀。有人说亚历山大那种过奢的欲望，原是他的师傅亚里士多德引起的，那未免太冤枉了那老头儿，因为他所传授的正是这种中庸的美德。

希腊人善于把个人与政府、灵魂与肉体、理想与现实调和起来，善于把两个极端连接起来。他们的文学里从没有叛逆运动，正因为他们的理智与情感是融洽的，形式与内容是和谐的。

他们一方面不喜欢外来的影响，一方面却很厚待客人，这也是一种中庸精神。在这个世界上，除了中国人外，恐怕就只有希腊人才厚待客人。我曾经遇见一个同胞在希腊流落十年八载，要不是人家厚待他，他早就饿死了。

他们虽然爱闹政见，但国难当前时，他们却能彼此迁就，牺牲自己的见解。萨拉米海战前，忒弥托克勒斯将军的政敌阿里斯提得斯竟跑来向他说："我们今天所争的是看谁能为邦家卖更大的力气。"这两人释了冤仇，赢得那最后的胜利。

（7）爱自由的精神。他们的政府让公民的个性自由发展，因此个人主义很盛行。结果自然是缺乏组织力，那是罗马人的天才。

在另一方面，他们又爱好民主政体和政治上的自由。波斯国王曾派人到希腊去征收水土，叫他们表示降服。斯巴达人却把那个信使抛在井里，叫他到那里面去领取他所要的东西。这种精神引起他们的爱国热情与抗战决心。他们曾在马拉松、温泉关和萨拉米作殊死战。如今意大利想侵略人家，反被希腊人螫了一口；直到日耳曼人南下帮凶时，希腊人才渐渐支持不住，但他们所表现的英勇行为，却不让我们专美于前。

希腊精神与我国固有的精神有很多相似的地方，但他们所表现的种种精神还是很值得我们学习，特别是这最后一种爱自由的精神。

三　雅典之夜

Homonoia（和谐广场）是新城的中心，周围立着九根光柱，每一根下面供奉着一位女神，塑得有些像罗马的仿造品，但她的名儿却是很风雅的：你该记得Erato，她是一位文艺女神，手中抱着一架弦琴。这时候也许有人在叫Erato，那不是什么诗人在神前祈祷，而是人家在叫那卖花女郎。她抱着满怀的玫瑰，Rhoda呀Rhoda（玫瑰）！只须一枚银币，这抱花便会落到你的怀抱里，她也许还会给你一点额外的恩惠，但看那唇边的玫瑰。你还可以看见成群的毛驴，驮着花从这儿招摇过市。这时海风徐徐吹来，全市都挤满了人，男的一堆，女的一堆；偶尔看见有人手挽着手，那准是远方来的“蛮人”，他们非挽着手走不成，放开一点，那美丽的藕节就会被人家用指头捏一下。咖啡店的生意拼命往街心进展，各人面前有一杯土耳其咖啡，通常调得很浓，仅够一口，底下全是渣子。最好让它凉一凉，让渣子先沉下去，然后一口饮下，后劲很大。也许还有人在抽土耳其烟，烟筒上有一根很长的皮管，皮管连接在一个大玻璃壶上，壶里冒着水泡，据说那就是烟。客人不是谈天就是看报，那头一句话一定是："阁下对于政局有何高见？"不用问天气好不好，那天气一定是好的，一年有三百个晴天。他们绝不谈什么事务，谈起来总是耸一耸肩头，说一声：Aurion（明天）。

从那地方通到Syntagma（宪法广场），那一带全是戏院、舞厅和时髦的商店，这令人想起纽约城那一套。你在那儿还听得见Josephine Baker的情歌、J. Smidt的高音；不过我还是劝你去看希腊杂剧，听东方调子，那声音拖得很长，你也得随着大家唱，一夜的新歌弥漫全城。

颜色是看不厌的，你最好找一家Taberna（酒店），你得一对儿去，Barbaianis就是一个好去处，那里面有他们故乡的美味和佳酿。整个肥羊就吊在你身旁烤，还没有熟你就想争着先尝。记住那叫psito arnaki。你得先呼唤paedi（伙计）来missi oka retsinato（半斤树脂葡萄酒），那是雅典佳酿，有一种刺喉咙的怪味儿，但喝上了三天，你准叫好！价钱并不比水贵多少，用不着牵着"五花马"去换。此外，可来一节烤羊肠，肠上有野艾的芳香。你吃得合口时，不妨捏着指尖握一个空拳，连说Polykala（非常好）！说时又把指尖分开。这时候会来一个牧羊人，他把气吹入羊皮，再由羊皮灌入笛中，笛音依然很尖脆，可惜他吹不来潘（Pan）山神的“双管”了。他一边吹，一边学羊儿跳舞，酒神的戏剧就是这样开始的。再看邻桌那一群Gypsies（吉卜赛人）端着杯子和着牧笛高歌，他们是那样放肆，可一点也不浪荡。你饮到酩酊时，切不要学拜伦那样摔坏了羽觞，土耳其人早退到东方去了，这全城净是自由人，再用不着你出来打抱不平。

醉后，你沿着Zappeion广场前面的公园走去，夜里园内百鸟争鸣，有鹭鸶、天鹅和异鸟的歌声。园内的人这时忽然配成了对，像我们举行集团结婚一样，低吟高唱。他们的喉咙是那样清，这洁净的空气对他们一定有许多好处。

前面出去是Olympieion（奥林波斯山的天神宙斯的大庙），一所科林斯柱式的庙宇，只剩下十来条柱子，每一条柱影里藏得下一对情人：光是那样明，影是那样深，他们全然不娇羞。那西边倒下了一条石柱，像一条巨龙卧在那儿，不时闪着鳞光。

出了哈德良（罗马皇帝）拱门，你便由罗马去到了古雅典。行过了三足鼎街，绕过了酒神剧场，就到Acropolis（卫城）的正门。月明之夜可以任人上去。穿过Propylae（前门），再向东进，左边是Erechtheon（雅典先王厄瑞克透斯的庙宇），那廊上有几位女郎顶着庙上的千钧重压，她们一点不觉得痛苦，反而显出一种高超的宁静。右边是Parthenon（雅典娜处女神的庙宇），周围的残柱依然吐露着乳白色的光辉。地面的沙砾全都发亮，像铺上了一团星星。你南望法勒戎（港口）海上的银光，银光里有船影在蠕动，胜利的萨拉米岛就在那前方沉沉地安睡。东边许墨托斯山现出一带青色，北面是新城，你望过灯光，那远处彭忒利孔山巅反映出一道绿光，大理石山上发出了磷光。你可以站在那残柱旁边出神，梦想两千多年前此地的神灵。

那儿有一双人影在正殿里祈神，细诉痴情，且听：

> 格尔蒂，你可以忘掉我，可不要忘掉雅典。……为什么哭？——我自然相信你不会忘掉我！……哦，不怕Artemis（月亮女神）会缺，缺了又会圆的。……格尔蒂，我扶你回家去。……听，S’agapo（我爱你），那山前有人在唱，那正是我要向你吐诉的。

四　雅典城美国古典学院

假如你想去雅典城念一点活的书，我劝你进一个和你的外国语最相投的古典学院。假如你的美国英语最好，你不妨进美国古典学院。你可以从海港乘地下铁道车进城，在卫城北边钻上来，一辆Gamma（第三个希腊字母伽马）公共汽车会把你送到利卡威托斯山麓，你在那儿望见一座很秀丽的伊奥尼亚柱式的大理石建筑，那就是美国古典学院的图书馆。你问问那里的老年人，他会告诉你，那地方就是古代哲学家亚里士多德讲学的吕刻翁故址。雅典城永远是神灵的古城，不论站在哪儿，你都可以发生无限历史与神话上的联想。

只要有美国大学的介绍信，你便能入学。这学院希望你懂得一些考古学上的基本知识，除了古今的希腊文外，还希望你懂得一些现代西方语言，在日耳曼语里还希望你听得懂高地德语。假如你不是美国大学推荐去的，他们会要你交一百金元学费。我劝你不要住学院的宿舍，费用大，不划算，因为一大半时间你不能留在雅典城。

秋天你得随着一群同学到希腊内地和海上去旅行。大概先看马拉松和温泉关，这两个地方没有什么古迹，但是想起历史上轰轰烈烈的战争，想起雅典人和斯巴达人抗击波斯军的大无畏精神，你一定很兴奋。德尔菲、奥林匹亚依然是神灵的地方，你如果想做一个诗人，别忘了去饮一口卡斯塔利亚圣泉的水。斯巴达是最没趣的地方，那里的长脚蚊咬死人，因此日本蚊烟香在那儿很销行。美国学院在科林斯发掘了几十年，还不曾挖出一个市场，你也得去看看，看他们怎样翻泥，看美丽的女神自地中出现。

希腊的海岛更是明丽异常。提洛、克里特你一定得去，去看古时的福地变作了一片荒凉，去看那断垣上绘着的百合与飞鱼。你最好在那时背诵《奥德赛》中的诗句，随着奥德修斯去到伊塔卡，不，那不容易去，你且从科孚岛下去看这英雄漂泊的孤舟怎样变作了一个青葱的小岛。

然后你回到雅典上课，实际上无所谓上课与下课，而是和古希腊人一样无时无地不在受教育。有一门功课是雅典地方志，一道城门、一口流泉就值得你花三天工夫去查书，然后随着一些考古家前去观察研究。你的书越看得多，你说话的机会越多。德普斐尔特否认公元前五世纪的希腊剧场有舞台的学说虽已成立，导师还会叫你代表对立派出来辩护。建筑班上时常给你一方残石，叫你去定下名称，把它安放在适当的位置上。雕刻课则是在博物馆里作比较研究。你得记住欧美博物馆里保存的重要雕刻，还要明白许多美学上的原理。至于文学班的课堂却是在国家剧院里，每次他们排演什么古剧，你得先仔细读过那剧本才去看。也许你不容易懂得那种现代化的希腊语，但是剧中的情节你全然明白，那也可以“陶冶”你的情感。如果德国人下来上演埃斯库罗斯的悲剧《波斯人》，你的机会更好，那将更容易使你明了。你可以相信希腊国家剧院会同他们比赛，你还可以相信酒神会给现代的希腊人加上胜利的荣冠。

到了春天，你可以每天去看古市场里的发掘工程，看他们怎样掘壁画，怎样用酸水洗陶片，那些陶片没有几片他们舍得抛掉，不像我们在宝鸡，挖出来的破砖烂瓦，用处不大。有时候一个年轻人惊喜地跑来报信，你便知道古代的光华又自土中出现了。

剩下的时光你得花在一篇论文上面。你可以到酒神剧场里去认石块，把上面的文字考证出来；或是在典籍里去搜寻，看有多少剧本是演唱俄狄浦斯家族的故事的。

如果命运不许你在希腊住上一年，你最好加入他们的暑期学校，把一年的课程在六个星期内赶完，全看你自己会不会消化。

也许你要问希腊的天气好不好，我敢说哪儿的天气都没有希腊的好，你的日记簿上一年会记上三百个晴天，隆冬时节也会记上一些温暖。也许你还想问希腊的生活程度高不高，这个我难以回答。大概比法国的生活程度还要低得多。但若你能像希腊人那样生活，简直比北平还要贱些。一毛国币可以在博物院前面坐一夜咖啡店，听一夜音乐。

欧洲几个大国都在雅典设立古典学院，我们纵谈不上这种设备，也应该有人去念一点活的书回来。我们如今正需要像这样念一点书，这方法是可贵的。

五　西西里游程

（民国）二十三年（1934）

6月11日　晴，凉

早上过海峡，到处望荷马史诗中的妖怪 Scylla 和 Charybdis，不见踪影。

把衣箱存在墨西拿。

近午到Taormina，这便是古希腊诗人Theocritus所赞颂的风光：山是这样清秀，一条条的青土挂在岩边。想必是在这些岩前“当和风从远处吹来，成群的白犊在杨树下啮嚼嫩芽”（《第九牧歌》）。也必是在这些岩前“我搂着你看牧羊群，西西里海就在我们脚下”（《第八牧歌》）。许多人羡慕这古时的浪迹，在这个梦境里饮蜜月酒。我这回真恨我自己。

城里有一个罗马剧场，建筑在希腊地基上，并不美观。

12日　晴，热

南行抵叙拉古，这是品达和埃斯库罗斯所遨游的圣地！这地方并不美丽，好像连一株绿树都没有。

在大教堂内看见雅典娜的神殿，任随墙壁遮掩，依然可以看出那雄健的躯壳。

岛上的发掘工作还在进行，看人家挖出了一个殿基。

在Arethusa泉旁见到埃及的纸莎草，有些像小棕树，尖端有成团的细须，据说只有这地方才栽得活。

昨夜梦见密尔顿，他说不知道有泰戈尔这个诗人。醒来觉得好笑。

13日　晴，凉

乘马车出城，看茔窟和格斗场，后者很能吸引一般游人，我觉得全没趣味。旁边有一个希腊剧场，很整齐美观，埃斯库罗斯曾在这儿上演他的《波斯人》，那原是演唱波斯水军在雅典海岸前吃败仗的故事，哪知雅典的水军倒会完全败在叙拉古，结束了它的命运。

Euryalus 是一座牢不可破的堡垒，里面有许多地道深壕。

理杂事。

14 日　晴，凉

向西行，薄暮过Crela，投宿Belvere旅舍。主人是一位希腊学者，壁上题着一句希腊古语：欢迎过客。他特别赠送我一个泥塑的女头，带回去好转赠大雨。

15 日　晴，凉

望见对山上一排古庙，真是壮穆，当中的奥林波斯宙斯庙是第二个最大的希腊建筑。地上卧着一个支撑柱子的巨汉，有两三丈长。意大利人还在旁边发掘地坛。和睦女神的庙宇保存得很完好，那比例似乎笨重一些。

16 日　晴，热

到 Selinunta，这地方没有人烟，借宿政府招待所，有如古庙。

看O，A，C，D，E，F，G一大群古庙，这最后一个也是很大的，在庙中行走如同爬山。

17日　晴，凉

午间从Segesta下来，车站上连一个人影也没有。把行李交到一个农庄上，更向他们讨得面包和水，步行上山。行了十余里，向本地人打听，据说距庙不远了。又行了十余里，又向人打听，据说距庙不远了。后来十分疲乏，花了二十个意大利里拉，雇得一辆马车。哪知转个弯，不到五分钟就到了，但当我看见那荒山里立着一所巍峨的古殿时，一肚子气便完全消了。这建筑因为没有完成，可以看出工程上的一切构造。

晚上到巴勒莫过节日，提着行李在人丛里挤了两三个时辰才找到一家客舍。今天真累坏了人。

18日　晴，凉

这地方没有什么古迹，只是博物馆内有一些很好的泥塑。这海港像一个露天剧场，金壳山谷十分娟秀。歌德赞美Pellgrino为世界最美的山冈，我觉得他的世界太小了。

在西西里绕了一圈，回到墨西拿取得衣箱，直奔罗马。

六　焦大

记得（民国）二十三年（1934）初夏，我独自从雅典到提洛岛去寻访古迹。在船上有人问我全希腊有多少中国侨民，我当时很高傲地说，就只有我一个人，中国大使是我，随员也是我。旁边有一位希腊小姐却说，还有一个中国人住在雅典的码头上，比起我资格老，声名也响亮得多。我起初不肯相信，但经我一打听，才知道那小姐是希腊移民局的秘书，她的话自然可靠。她还告诉我，那人叫“周大”，日子过得十分可怜，每天都在那海岸徘徊，要不了三分钟准保找到他。

回到雅典，我就同那位小姐到码头上去找他。我们起初在面包房里打听，说是刚过去，我们追过去时，一大群孩子便向我们嚷道，那不是“周大”！他原是一个人坐在沙滩上遥望那远处的船只。他回头看见我时，十分惊异，半天说不出话来。我向他讲了几句中国话，他好像不很懂得。后来他流泪了，一个三十多岁的大汉子竟当着一大群人流泪，惹得那些看热闹的人也同声叹息，甚至还有为他流泪的。他们安慰“周大”说：“现在好了，不要哭，有人来接你回去了。”这流泪的人是一个清瘦的高个子，头发蓄得很长，样子并不顶脏。他的态度很端庄宁静，一望就知道他是一个善良的中国人。我再三问他，他才说他是大沽口人，在希腊住了八年，不，他又改口说，住了十八年。我当时交了一百希腊币给他，叫他去剃头洗澡，说好第二天再接他进城去。临走时，那满街的人再三要求我把他带回国去，一个人不应该受更多的罪。那海关上的警察也跑来说他的确是好人，他们时常叫他去换钱，他换来半文不少。他们实在不忍把他驱逐出境。

我回到城里，先去为他找衣服鞋袜。我自己的太短小，才特别去找一个同学要一点破衣衫。那绅士对这故事十分感兴趣，向我打听了好半天。后来检点东西时，他觉得这件还可穿两天，那套还可着一月，样样都舍不得割爱，结果只送了那可怜的人一双破胶鞋。

第二天我只好夹着一套我自己的衣服和那双破胶鞋到码头上去。可是我找了半天竟找不到人。一大群孩子也在帮着我找，后来还是警察出力，从那古旧的空屋子内把他拖了出来，他那时醉醺醺的，头发没有剃，澡也没有洗，问他钱哪去了。他说喝酒用了，还有一半借给了一个朋友，可是他连那个朋友的名字都弄不清楚（说也奇怪，他虽然在希腊住了那么久，他的希腊话并不比我的高明）。他说，十几年前他在一只荷兰船上当水手，因为喝醉了酒，在君士坦丁堡赶掉了船，才溜到希腊来，别的国土他都上不去。他如今感激我不尽，又想喝酒。我当时有些动怒，那一大群人却替他解释，说他是好人，从没有这样喝过酒，劝我不要改变心肠，不肯送他回去。我后来转念一想，假如我自己处在那种情境里，恐怕也想喝酒啊！

我因此把他带到旅馆去休息一会，让他打整干净。旅馆的老板知道了，忙跑来见我，说他是码头上的穷光蛋，怕盗了他什么东西。我当时无心向他解释，只道一切由我承担。然后我带他到移民局去，那里面早有他的底细，说他在希腊偷住了十多年，无法遣送他出境。我问他会不会写字，他说只会写自己的姓名，写出来一看是“焦大”，“隹”字脚下画着四个小圆圈。这可怜人在希腊连姓氏都被人家改换了。那荷兰船的名字他倒记得很清楚（我曾写信到那只船去问过，他们回信说，记不起这样一个人，但愿意用荷兰船白送他回国）。

我再把他送到警察局去，那里面有许多人认识他，同他打招呼。他们立刻就发了一个通行证给他，并且答应他白坐希腊船去埃及的塞得港，再换赴中国的邮船。

我想护照还是必需的，因此为他在街上几分钟内就照得了一张相片，寄到中国驻罗马大使馆去办护照。我特别写信给朱英先生，把详情告诉他，请他帮忙（不几天护照就来了，交给移民局替他保存）。

于是我带着他去参观雅典城，问他这是什么地方，他说不知道；问他这是些什么人，他也说不清楚。我更把他带到卫城上去看看古迹，告诉他这就是世界上最有名的山城，使他见识见识，也不枉到过这古国。他说他老是在那水边过日子，从没有进过城。他每天替人家做点小差事，谁都送他几个小钱，送他一块面包。希腊人虽是不宽裕，但自古厚待客人，十分慷慨。如果这流浪人落在什么别的地方，恐怕早已饿死了。游览过后，我还是把他送到码头上去，没有给他多少钱，叫他照旧过日子。

过了几天，我在美国旅行社内遇见一位英国老太太，她是个社会活动家，时常到近东一带搜集资料（可惜我连她的姓名都记不起了，她同我写过许多信，全都保存在北平）。她直接来找我聊天，谈起中国近年来的社会情形，谈起她怎样结识我们的革命元勋，并且说她很喜欢中国，希望能到那儿去度余生，我因此把有关焦大的事情告诉她，看她能否帮一点忙。她说她很表同情，就可惜手边没有钱，无法帮忙，我却说精神上的同情也是可贵的。这老太太离开旅行社后，我发现她遗忘了一个皮袋，我赶忙追上去，把东西交给她，她非常感动地谢谢我，想说什么又没有说。

第二天早上我得到一封信，信里说起焦大的故事很使她感动，说起她愿意负责照料这人。她附了一英镑钱在信里，托我交给他，还说她当天就要回英国去，答应在码头上去找焦大，再当面交给他一点钱。我觉得这件事有些奇怪，立刻就到她所乘的船上去见她，可惜没有遇着，问焦大，他说那老太太人真好，送了他一百希腊币，我因为回国在即，便写信给那老太太，把焦大的一切都托付她。

再过几天，我就要到意大利去，上船时，焦大跑来送行，一句话不说又跑了。后来听说他在那空屋子里哭，我特别去安慰他，说我一定设法使他回国，叫他耐心等着。那一大群看热闹的人却变作了我的送行者，临到开船时还叮咛我务必送他回去。我不觉也下泪了。

我去到罗马，特别到大使馆去见刘大使，总见不着。朱英先生慷慨捐了一百意大利币，还告诉我不必再找其余的人，我非常感激这位忠厚长者。

在意大利募捐很困难。我那时募得的款子连同那英国老太太后来答应捐助的十镑，还买不到半张回国的船票。那时听说我国政府在伦敦买得四条大商船，正找水手驶回去，我曾写信到伦敦去打听，可是没有消息。

到了七月中，我失望地坐着意大利邮船Conte Verde号回国。在船上许多中国乘客曾联名请求意大利轮船公司送焦大一张免票。船长答应把这事交到总公司去，说不见得没有希望。我在船上募捐，许多人都很热心；只有几个同船的说我这人靠不住，天下哪有这种事情？但经过十几天的努力，我公然募到十六七镑。船到科伦坡时，由我凑足二十镑，上岸去汇给希腊移民局。邮局收条曾经在船上传观过。那海船忽然提前开行，我回船稍迟，多亏船长特为我等了七分钟；要不然，我就会变成“周大”第二。

回国那年冬天我到天津南开大学去演讲，顺便买好车票到大沽口去访问焦姓的族人，哪知等了一点多钟，听说火车不开了，也就没有去成。

那些时候，我时常接到那位英国老太太的信，说她愿意资助焦大回国，并且愿意亲自送他到塞得港。第二年春天，我在西安忽然接到她的电报，说事事都准备好了，只差护照，叫我立刻回电，回电的用费是由她预付了的，我当时不明白她的意思，只回电说，护照存移民局。后来得到她的信，才明白她同移民局争着要送焦大回国，叫我勉强移民局把护照交给她。我同时又接到移民局的信，说他们已经把焦大送去塞得港，等换好船再通知我。

我那时在陕西斗鸡台考古，忙写信到上海中国旅行社，把详情告诉他们，托他们去迎接焦大，还说定汇款去请他们代买船票，把这客人送回大沽口。旅行社对这事很热心，答应白帮忙。

我日夜焦急地等待着。隔了许久才由上海柳亚子先生转来希腊移民局寄来的航空信，信到得似乎太迟了，我急忙电告旅行社。

后来旅行社回信说，他们接到电信就到船上去迎接，可惜已经太晚了。船上的人说，倒是有焦大这人，可惜已经下船走了。我也曾写信到意大利轮船公司去询问，回信说那次的客人当中确有“周大”这名字。这些信都保存在北平。

悲剧是不许团圆的，这幕悲剧就这样收场了。凡帮助过焦大的人，我都代他致谢，特别要感谢那位英国老太太、希腊移民局和上海中国旅行社。至于你，焦大，希望你回到大沽口做一个渔夫，永远度着那漂泊的生涯，要不然，就留在上海做一个英雄！

七　马拉松战役

这里叙述的是一些著名的希腊史话，在这些史事上，我们可以看出古希腊和我国似乎是遭遇着同样的命运。一大部分希腊历史都是爱国史，都充满了轰轰烈烈的英雄事迹。希望每一个公民、每一个将士都读一遍希腊历史，读一些古典作品，如荷马的史诗、埃斯库罗斯的悲剧《波斯人》和《七将攻忒拜》，这些不朽的诗里回应着刀兵的声音，这些雄伟的诗人把战争歌颂为一种最光荣的事业。又如希罗多德所记载的波斯与希腊之间争斗、色诺芬的《进军记》（一译《长征记》）、阿里安的《亚历山大远征记》和雅典将军伯里克利的《追悼辞》，都是些惊心动魄的史话，我们读后，抗战的热情更会高涨。

我们要记着古希腊的国运由外战而兴盛，由内乱而衰败。希望我们的国运却先由内乱而衰败，再由外战而兴盛。史乘上的陈迹很可以令我们警惕！

朋友，你也许参加过“马拉松竞赛”，你至少在运动场上听说过这奇怪的名称。可是你知道这名称的来历吗？你跟着我一块儿跑吧，总有一天我们也要跑一回真正的马拉松。

约在公元前6世纪和公元前5世纪之间（正当周朝末年），波斯人在亚洲称霸，征服了小亚细亚沿岸的希腊城邦。后来那些城邦起来反抗，雅典人派了二十一船兵将去帮助他们的同族人。不幸在公元前494年，那主要的城邦米利都便陷落了，沿海的希腊人的起义也就终止了。当时有一位爱国的诗人写了一部悲剧叫作《米利都的陷落》来悲悼他们的种族，雅典人看了，十分悲痛，反而罚了诗人一大笔钱，禁止以后再上演这一类剧本。

波斯国王镇压了希腊人的起义后，才问雅典人是什么人。他打听明白后，便吩咐臣仆每饭三呼“勿忘雅典人”。他命人到希腊各城邦去征收水土，斯巴达人却把他的使臣抛到井里，叫他到那里去取他所要的东西，雅典人也不肯献上这两件“元行”，表示屈服。于是波斯国王决定征讨希腊。第一次出征是公元前492年，大军浮海到阿托斯附近遇着风暴，损失了不少船只，只得退回。第二次出征是公元前490年，一共有六百只船渡海前去。

这时期希腊内部不很和睦，雅典的兵力很单薄，他们没有作战的经验，又没有强烈的爱国观念。雅典人看这次战争难有胜利的希望，但是“难有希望”总还有一线希望。波斯的精良骑兵与水师都没有前来，即使他们都来了，希腊人还是要抵抗的，要斯巴达人和雅典人投降，那才是绝对无望的事。雅典人一面准备出兵，一面打发一个长跑健将到斯巴达去请救兵。斯巴达人答应帮忙，但不能立刻就出兵，因为那时正值月初，依照他们的习惯，大军要到月圆后才能启程。许多人不了解这是什么意思，实际上是因为希腊人重视宗教典礼，那时节斯巴达人正在庆祝日神节，从初七到十五。古希腊人每逢宗教节日是不许打仗的。

波斯军中有一个被放逐的雅典僭主叫希庇阿斯，他想借敌人的兵力恢复他的王权。有个晚上他做梦同他的母亲睡在一块儿（史乘上这样的梦正多呢），他认为这是他要回国的征兆，那“母亲”即是雅典城邦。于是他把波斯兵引到马拉松海湾。他上岸后打了一个喷嚏，把一颗老牙掉在沙滩上，可是无论如何他总找不到那颗牙齿，因此叹道：“这土地并不是我的。”

雅典人鼓着勇气，带着一万人到马拉松去迎战，另外还有一千布拉泰亚人前来助战。到了那儿，有五位雅典将军不愿打仗，认为他们的兵太少了；另外五位却十分想打，其中一位是米太雅第，这位将军因此对那位地方官说道：“我们希腊人到底是当奴隶还是当自由人，全望你来决定。雅典城邦现在处在很大的危险当中。如果我们投降了，便会落在那个僭主手里；如果我们抗击成功，雅典城就会变作第一等城邦。我们现在还不抵抗，我们的勇气便会消失；希腊奸便会出来活动。只要我们抵抗，那后方的人便没有机会做奸贼。现在全看你决定。”米太雅第居然说服了那位地方官，到了他自己值日那天，战事便发动了。

刚才说的那位地方官任右翼，那十位将军任中锋，布拉泰亚人任左翼。希腊阵线在那海湾的平原上同波斯人的摆得一样长，免得受敌人包围。因为兵太少，中锋只列着几层人。他们在作战前举行献祭，一切预兆都很吉祥。于是他们跑步上前去迎战，波斯人看见他们这样跑来，认为他们发疯了。这原是一种战略，因为波斯的箭矢很厉害，射起来天日无光，他们这样冲上前去短兵相接，可以避免箭矢的危险。波斯人总是隔得远远地打仗，那是一种自卫的战术，不是英勇的打法。

双方相持了一些时候，后来，希腊的中锋被敌人突破了，可是他们的两翼却得胜了，再转身围攻敌人的中锋，因此全军获胜。他们向敌人追去，追过那低洼的草地，刺杀无算，一直追到海边，放火烧船。他们抢船时死了几员兵将，有一位攀着船尾，被人家斩断了一只手。他们一共只抢着七只船，那其余的却逃走了。

那些敌船向着雅典的海港驶去，想要夺城。雅典人在高山上望出了他们的用意，立刻就凯旋回去，拱卫都城。波斯人望见他们先到了家，不敢再上岸去领教，只好驶着那些破船烂片回到亚洲去。

正当胜负初决的时候，有一个雅典兵士放下盾牌，跑回去报信。他越跑越快，好像神使赫耳墨斯在帮助他飞奔。他念及城内的父老妻室都在等死，等着当奴隶，等着受污辱，那种心情是多么焦急啊！他不得不速跑，不得不飞奔。他这样跑了四十二公里，跑到城边道了一声“胜利”，便倒在地下气绝而死。马拉松竞赛便是这样起源的。朋友，我们也跟着跑吧！

据希罗多德说，那次波斯人一共死了六千四百人，受伤的还不在内。据说雅典人只死了一百九十二人，此外还死了一些布拉泰亚人与奴隶。那最著名的悲剧诗人埃斯库罗斯曾经参加这次的战斗，他有一个弟兄名叫铿奈癸洛斯的，便是在这次战死的。老诗人临死时为自己写了四行诗，他在那墓碑上并没有提起他在戏剧上的成就，只说那些鬈发丛生的波斯人当记得他在马拉松立下的威名。

那些殉国的英雄一齐埋在马拉松，如今还可以在那儿看见一所高坟，像咸阳城北的皇陵，像芙蓉城武侯祠的衣冠冢。1890年经考古家发掘，证实了那是真坟，那也许是当日战斗最剧烈的地点。雅典的政治家、演说家、诗人每每提起马拉松这名字，他们总是很高傲的。

月圆后斯巴达人兼程赶到马拉松，只看到一片战后的痕迹，很称赞雅典人的功绩。这并不是一个很大的战役，但这是一场很重要的格斗，它解救了雅典的危厄，打断了波斯霸业的九链环。这是希腊人第一次同波斯人争斗。他们以前听见敌人的名儿就丧胆，但自从那次战争过后，他们增加了不少的勇气与自信心。从此希腊人才能做十年的准备，全体惊醒起来，联合起来，在萨拉米作最后的决战！朋友，萨拉米的战声又兴起了！

好几年前，我为了敬仰这些古代英雄，特别跑到马拉松去凭吊。那地方正在大理石山下，沿岸的山峰都长着常青树，平原上躺着一片苍黄的衰草，那海水蓝里发红，像是紫血，海外是一带青翠的长岛。后来我无意间遇着几位祖国的军人，我特别介绍他们去跑马拉松。他们回城告诉我，那几座山头生得险，雅典人占据了那要地，自然会打胜仗。他们还绘了一张详细的地形带回国去做参考。我不知那位向导向他们说了些什么，竟使他们得到这稀奇的印象。反正这轰轰烈烈的战斗已够激起他们保卫祖国的志气，倒不算白跑了一趟。如今他们当中有一位正在守卫一个要塞，还有一位在指挥军队。也许他们在沙场上，在月光下，也常常忆起马拉松而更增强他们的斗志。

八　御前会议

波斯人两次远征希腊失败后，薛西斯便召集波斯的元老重臣开御前会议，这史事很能令我们想起一个近代的“御前会议”，虽事隔千百年，还像一对同胎产下的婴儿。

波斯国王首先从宝座上立起来这样说道：“波斯人啊，我朝自古用兵如神，从未罢干戈，这原是上天的意旨。孤王的先人曾征服九洲万国，寡人却自登基以来尚未建立奇功，与先王媲美。因此很想从海外夺取一大块肥沃土地，报雪旧日的冤仇，为此特别召集你们前来商议。孤王有意在那海峡上架起两道浮桥，遣派大军西去，踏平希腊，惩罚雅典人，因为他们上次在马拉松海岸不曾给皇军留下半点颜面。寡人决心去烧毁雅典人的都城，出一口气。如果我们征服了他们，普天之下哪一块土地不是我们的？谁敢出来抗命？孤王下令时，你们就率领人马前来，谁的兵甲最坚利，谁就得重赏。孤王言出必行，但这事不能由寡人专断，王公大臣如有意见，尽可上言。”

于是马都尼大帅上前奏道：“大王，愿你的声威赛过古人，赛过后来人！我们波斯人征服了印度人和亚述人以后，若不去讨伐希腊人，岂不是一个大笑话？因为那些印度人、亚述人并没有得罪过我们，我们只为了扩张国土才去征服他们；至于那些希腊人却是我们的世仇，怎能饶了他们。我们怕什么呢？他们的兵力那样单薄，而且是乌合之众。我曾经去征伐过他们，快打到雅典城边时，还没有人敢同我作对！希腊人诚然是好战的民族，可是只好打内仗，在平地上肉搏冲锋，刀下不留情，他们打仗时专比硬功夫，全不懂避实就虚，这是兵法上的大忌。我去他们都不敢同我交锋，大王啊，若是你去，他们更不敢了，因为你背后有千百万貔貅，有成队的水师！万一他们敢在太岁头上动土，可给他们一个厉害。让我们勇敢前进吧，一切人类的成功都是从冒险中得来的。”

举朝文武都不敢有什么异议，只有皇叔阿塔巴诺斯这样胆大地劝道：“国王啊，我曾劝你的父亲不要好大喜功去远征大月氏，哪知他竟败得一塌糊涂！你如今却想去惹那些比大月氏人更厉害的人。让我告诉你，这是多么危险的事：上次好几十万大军竟被雅典人打败了，可见他们的陆军很强悍。你说你要架两道浮桥，如果他们在海上战胜了，驶来毁坏了你的浮桥，岂不是断绝了你的归程与生路？从前我们去打大月氏时，就冒着这种危险，幸亏没有人叛变。波斯的霸业不能这样就败坏了，国王，请马上闭会还宫，仔细思量，你不看天雷时常击毙那些过于雄伟的凡人，不让他们太矜夸？你不看那些高楼大树常遭雷劈，不能耸立在云霄？往往一支大军会被少数的敌人攻破，天神会作怪，弄得草木皆兵！急进是失败之母，从容乃成功之师！国王，这便是我向你所进的忠告。

“马都尼，我告诫你，快不要再这样愚蠢地挖苦希腊人，他们的名誉是不容诽谤的。你只想诱劝主上派遣大军去远征，如果真要出兵的话，听我说，让国王留在波斯，咱俩拿孩子的性命来打赌。你就统率陆军前去，随你要多少人马。如果波斯得胜了，你可以把我的孩子和我这条老命杀了，但不幸我的话说中了，波斯军败得很凄惨，你的孩子和你的性命也就保不住！”

这元老说完后，国王便大发雷霆：“阿塔巴诺斯啊，若不看你是我的叔父，我一定叫你吃苦头，免得你这样瞎说。你既然很丧气，我便这样丢你的脸：我自己御驾亲征，你在后宫里镇守祖国，我用不着你帮忙，便能实现我夸口的话。如果我不去报复雅典人，就不算是阿塞弥斯的儿子的儿子的儿子！你知道，我们若不去进攻，他们迟早就会来打我们，许多年前，他们不是曾经渡海来攻打过我们？一座山头容不下两头猛虎，不是波斯吞了希腊，便是希腊并了波斯。”

散会后天就黑了，国王在静夜里沉思，觉得这未免太危险，幡然改变了他的主意。他安寝后，梦见一位巨灵向他说道：“波斯国王，你现在改变了你的圣意吗？你既然下了动员令，怎么不去攻打希腊呢？这样三心二意，真没有道理，你还是去攻打吧！”

第二天国王重新召集会议时，他竟忘了这个梦，向群臣说道：“孤王昨日所说的话可不算聪明。孤王听了皇叔的话，未免火气太大了，对不住那位元老重臣。孤王现在看出了自己的错处，还是听信他的话吧。现在决心保守和平，不去劳师远征。”

举朝文武听了这道圣谕，十分高兴，但是那天晚上那巨灵又向国王说道：“国王，你胆敢违背我的话吗？你若不去西征，我立刻就要害死你！”

国王从梦里惊醒起来，命人去把皇叔召来，这样对他说道：“孤王那日有些唐突，后来很懊悔。孤王本想听你的忠告，但势有所不能，因为有一个巨灵在梦中威胁寡人，逼着孤王前去远征。如果这是天神的意旨，孤王便得前去。你现在穿上皇袍睡在这儿，看这巨灵来不来打扰你。”

皇叔不敢这样无礼，极力推辞，只因为国王逼着他这样做，他只好遵命。但他对国王说道："主上，你既然听信忠言，这真是国家之幸，你要知道，梦中的景象只是白日思想的反映，并不是什么天神在作怪。但若我也看见这个巨灵，那又当别论。可是我总不相信有这么一回事。"

于是皇叔穿上国王的衣袍，在宝座上昏昏沉沉地睡去，那巨灵居然出现在他的梦中，向他说道："你就是那位劝谏国王不要去征讨希腊的人吗？你想要破坏这注定的事情，一定难逃天谴！如果国王不听从我的话，他就要倒霉的！"

这巨灵好像要用热铁刺皇叔的眼睛。皇叔惊醒起来，把梦中的情景告诉国王，而且这样奏道："既然是天神命你去攻打希腊，我也就改变了主意。你快把这神圣的意旨宣告全国，准备出征！"

此后国王又看见一个异象：他在梦中戴上一顶橄榄枝叶扎成的王冠，那枝叶长得很长，长遍了全世界，但忽然又不见了。先知说这是全世界都要归顺国王的吉兆。于是全国开始动员，谁都想获得国王的恩赐。这次出发的水陆大军共有二百五十万，再加上夫役随从，不下五百万人。

这远征的陆军居然踏平了雅典城，但海军却在雅典岸前的海面上覆没了，幸亏希腊人没有前去破坏那两道浮桥，国王才得逃回亚洲。那夸口的马都尼没有脸面回国，很颓丧地死在沙场上。

九　死守温泉关

公元前480年，波斯国王薛西斯统率五百万海陆大军征伐希腊。他在那海峡上架起了两道浮桥，那浩荡的人马不断地从桥上跨越，整整过了七天七夜。大军于那年6月到达温泉关。这原是希腊北部一个依山靠海的关口，那关前有两口硫黄泉水，因此叫作“温泉关”，或简称“关”。古时候这关口十分险要，只有一两百尺宽，如今海岸淤积起来，山和海相隔有好几里路。那次希腊守军只有五千多人，斯巴达国王李奥尼达担任全军的统帅。他只带着三百个健儿前来给希腊人壮一壮胆。据说这三百人只是国王的卫队，大队人马还没有到达。他还苦苦地叫忒拜派了四百人前来，免得它捣鬼，因为这是一个不可靠的城邦，大有做“希腊奸”的可能。

波斯国王派了一个骑兵到关前去侦察，这人只望见那关外有一些斯巴达守军，他们把武器堆在城边，在那儿做柔软体操，梳理头发，好像准备赴宴会一样。国王听了侦骑的报告，莫名其妙，因此问希腊的奸贼得马剌托斯，这是什么意思。那人回答说："那些人是来守关口的。每逢大难当前，他们总要梳理头发，准备死战。大王，如果你战胜了那些斯巴达人，再没有什么人能够阻挡你前进。"国王听了，全不相信，这几千人怎能够阻挡他？他在关前等了四天，希望敌人自动逃走。到了第五天，他再也不能忍耐，下令要活捉敌人。那些波斯人前仆后继，拼命进攻，可是攻不进去。国王因此叫他的"长生军"前进，也不中用，因为希腊人使用长矛，波斯的短兵器杀不到他们身上；而且那地方十分狭小，那蜂拥的波斯人简直无用武之地；有时候希腊人假意退却，让出一点地盘，他们便死命地追，却被人家回头来杀得干干净净。正当血流成渠的时候，波斯国王三次从他的宝座上立起来观望，眉毛胡子皱作一团。

国王正在无计可施，有一个"希腊奸"叫厄庇阿尔忒斯的，跑来献策，说有一条山道可以绕到关口的后方。国王因此叫他做向导，引着一大队人，于黑夜登山。那山道上原有一千福西斯人在把守，可是那山上有许多橡树，掩护着波斯军行进，直到他们踩着落叶作响，惊动了那睡梦中的敌人，才被人发觉。波斯人起初不敢应战，后来那位奸贼告诉他们，那山上的守军并不是斯巴达人，他们才向上进攻。那些福西斯人认为敌军是来攻打他们的，他们在箭矢的威逼之下，匆促间无法迎战，便逃向山顶，准备在那儿据险抵抗。哪知敌人不理睬他们，不耽误戎机，立刻就飞奔下山。

那头天晚上有一位预言者警告希腊人，说来朝他们就要死战。还不到天明，他们就听见警报，知道波斯人正下山来抄袭后路。李奥尼达便把那些不必牺牲的人遣送回去，他自己得遵守他的城邦立下的“非胜即死”的法律，带着那三百个儿郎死守在这儿。那七百个忒斯庇埃人自愿留下来拼命，至于那四百个忒拜人却是国王逼着他们留下的。那些友军刚好退出去，后路就被敌人截断了。

波斯国王预料时机到了，便下令进攻。希腊人这次下了必死的决心，反而冲出关外，要敌人出重价来收买他们的性命。他们刺杀了无数的敌人，还推了一些下海里去，波斯人在纷乱之中，自己践踏自己。一会儿希腊人的长矛大都折断了，他们只好用短剑刺杀，李奥尼达便在这时候立下了不朽的名声，双方都在争夺他的尸体，希腊人十分奋勇，把敌人杀退了四次，终于拖着这主帅的尸首退回去。直到他们背腹受敌时，胜负才见分晓。于是他们退进关口，集中在那小丘上，利用刀剑作最后的抵抗，有时更用拳头和牙齿来对付敌人。直到后来，他们四面受包围，全体死在刀剑下，只有那些忒拜人看见敌人逼近，赶忙上前去投降，说他们并不是有意来抵抗王师，而是被人逼迫着，不得不前来，还说他们的城邦曾经献上水土，愿意称臣。这样一说，他们的狗命倒是暂时保全了，可是当他们上前去投降时，有许多人惨死在刀下，后来波斯国王更下令给他们打上“亡国奴”的烙印。

传说有一个斯巴达人名叫狄厄涅刻斯的，听说波斯的箭镞射起来天日无光，他并不气馁，反而向他的朋友说：“那我们就在阴影之下战斗吧！”还有两个斯巴达人害了眼病，主帅叫他们回去，这样回去倒可以获得安全；但若他们不愿回去，就得一块儿战死。可是他们两人都不听命令，各有各的办法。当他们快要受包围时，其中一个前去迎战，另一个却胆怯，逃了回去。斯巴达人见了这个逃兵，说他有辱国体，大家都侮辱他，谁也不肯借火给他，谁也不肯同他说话。据说还有一个斯巴达人也没有死去，他回到家乡，也受了不少侮辱，自己上吊死了。那殉国的二百九十几个斯巴达人却真是勇敢，真是光荣。他们给了希腊人一个良好的榜样，给了斯巴达人一种报仇的刺激，给了波斯人一个可怕的威胁。波斯国王后来打听还有多少希腊人这样英勇，有人告诉他，那南方有一个城邦叫斯巴达，它有八千子弟，个个都像这三百个儿郎；那其余的希腊人虽然没有他们这样厉害，却也是很勇敢的。国王听了真是胆寒。

记得好几年前，我曾经在一个愁惨的阴天，像是在箭矢的阴影下，到那关前去凭吊这些古代英雄。那泉水依然很绿，依然很温，那地面依然罩上一层白土，那古代的城垣依然留下一段段的痕迹。我更想象那小丘上还立着一个纪念李奥尼达的石狮，那狮下刻着两行诗句：

> 过往的客人，请去向斯巴达人传话，说我们遵守邦家的律令，在此长眠。

据说全体殉国的人都埋在那争斗最剧烈的地方，他们的坟上也曾立着两行诗句：

> 四千个南方的希腊人在这里
> 抵抗过三百万波斯貔貅。

这两道碑铭都是那位著名的抒情诗人西蒙尼得斯写的，看来似乎是很平淡，但我们联想到轰轰烈烈的史事，便觉得它们是不朽的名句。1899年曾经人发掘，可惜没有发现什么，但希罗多德所记载的战争遗迹都是他亲眼见过的。客人，你如果上喜峰口去看看，那山岭上也留下有相似的痕迹，你所带回来的也就是这悲壮的诗句。

十　萨拉米海战

公元前480年，波斯国王薛西斯统率五百万海陆大军攻打希腊，他穿过温泉关，乘胜追到雅典，却只烧毁了一座空城，那留守的军民还叫他出重价来收买他们的性命。他们这个“空城计”原是日神阿波罗教他们的，日神曾经说，希腊的命运要靠木头才能得救。有人认为那是指卫城上的“木墙”，躲在城中不肯迁移；但是他们的将军忒弥托克勒斯却猜中了是指“木船”。他看见都城难保，并不灰心，忙把老弱妇孺移到岛上去躲避，把剩下的船只完全集中在萨拉米海湾，好利用海湾内窄小的形势来争取最后的胜利。可是当时的斯巴达人不肯听从他的计划，想撤退到科林斯地峡南边去保卫他们自己的土地。这将军在海军会议上一边劝诱，一边恳求他们不要离开，当中有一位将军在盛怒之下要用手杖打他，这可怜的人却说：“尽管由你打，只求你听我的话！”到后来劝诱和恳求总不见效，他才采用一个万不得已的计策，叫一个奴隶送信给波斯国王，告诉他有的希腊水师想要逃遁，叫国王好好地围住他们。这计划终于逼着那些友军于次日和四倍以上的敌人在海湾内作战。这一段史话里有一件很动人的事情不可忽略，就是这将军的不屈不挠的政敌阿里斯提得斯于大战之晨偷渡到萨拉米，把将军从会议室里请出来，同他说了几句很坦白的话，说他们此日竞争的是看谁能为邦家出更大的力气。于是他报告希腊水军完全被包围了，忒弥托克勒斯向他说明这是怎样一回事，并且要求他把被围的消息报告给军中的将领，如果这消息由他的口里说出来，当更能使人相信。阿里斯提得斯因此向大众报告了这消息，并且说当天就得出战。

雅典的爱国诗人埃斯库罗斯写了一部悲剧叫作《波斯人》来描写这次大战的情形，剧中的信使报告了这样一段话："但是当灿烂的白昼驾着白驹照耀着大地时，首先从希腊人那边响起了一阵欢呼，像是胜利的歌声，那岛上的岩石同时传来高亢的回音。我们异族人的想法落空了，大家吓得胆战心惊，因为希腊人当时并没有唱着庄严的凯歌逃走，而是鼓足勇气杀奔前来，整个阵线军号齐鸣。一声口令，万桨一齐划进海水深处，顷刻间全部舰队都历历在目。领先的是右翼，阵容严整，然后是整个战舰袭来。这时我们听见他们大声呐喊：'前进呀，希腊的男儿！快拯救你们的祖国，拯救你们的妻子儿女、你们父亲的神殿、祖先的坟茔！快为这一切而战斗！’我们这边也回报以波斯语言的喧嚣声。时机不容耽误；那铜甲的船头立刻就冲撞起来。首先袭击的是一只希腊船，把一只腓尼基战舰的尾巴整个儿截断了。于是每一只船都向着对方横冲直撞。起初那波涛似的波斯水师还能抵抗，可是等到那许多船只聚集在那狭小的海湾里，它们不但不能互相支援，反而用铜甲的船嘴向着自己的船冲击，把整排整排的桨碰断了。希腊兵舰并不愚蠢，它们四面围攻，把我们的船撞翻了。海已经看不见，净是破片和尸首；海滩上和礁石上也堆满了我们的死者。我们异族的军舰都划着桨乱纷纷地逃跑。我们的人就像是金枪鱼或一网什么鱼，任敌人用破桨和船片砍杀。国王坐在那临海的高岗上，可以俯瞰全军。他撕破袍子，大哭大叫，立即传令给他的步兵，让他们纷纷退却。”

这五百万大军只剩下三五千逃返亚洲，国王的老命也几乎送掉了。

我们可以由这古代的战争得到精诚团结和英勇抗战这两种教训。这古昔的史话很可以使我们警惕和借鉴，照我们自己目前的情形看来，我们的萨拉米大战就要开始了，这便是我们胜利的时机，我们得努力追学古人。

十一　亚历山大进军记

亚历山大曾经在科林斯接受希腊人的嘱托前去攻打波斯，报旧日的冤仇。他于公元前334年出师，渡过海峡，行军到格剌尼科斯河畔。他听说波斯人在对岸列好了阵势，他也就准备进攻。正当这时帕墨尼昂将军上前说道："国王，我们最好在这边扎下营盘，等来朝黎明时，趁敌人还没有排列整齐，我们就涉水过去。照现在的情形看来，我们若立刻进攻，一定会冒很大的危险，因为我们不能够排成一列列的全线过河，这河水有许多深处，而且两边的河岸又高，有些地方简直是悬崖绝壁。正当我们的军容混乱时，那严阵期待我们的敌骑会向我们冲来：初次交锋如果失利，是很不幸的。"

亚历山大却这样回答："帕墨尼昂，这个我自然知道，但我感觉羞耻，如果我们渡过了那汹涌的海峡，却渡不过这小小的河流！这一点危险算什么？我们若不立刻进攻，那就会助长敌人的勇气，现在不给他们一个厉害，他们会觉得他们也像马其顿人这样善于打仗呢！”

亚历山大说完后，马上就命令帕墨尼昂去率领左翼，命令这位将军的儿子去率领右翼。他自己把人马安排妥当，也跑到右边去。

波斯那边有两万骑兵，步兵也将近两万。他们把骑兵列在岸前，步兵列在后面。他们望见亚历山大在他们的左方，忙把骑兵集中在左翼，和国王对峙。亚历山大的装束很华丽，他的随从也很多，一望就可以认出来。

两边的人马隔河对峙，不敢造次进攻，许久都没有动。波斯人正期待马其顿人渡河，好往下冲。亚历山大忍耐不住了，他自己策马下河，命令他的随从也跟着前进，鼓励他们做勇敢的人。于是军号吹起了，步骑两军一齐鼓噪渡河。

有的波斯兵从高处放箭，掷下标枪，有的站在低处，有的竟冲下河边。两边的骑兵彼此乱冲，希腊人很想上岸，波斯人却极力阻挠。希腊人的长矛往上刺，波斯人的箭矢向下飞。希腊人过河的太少，初次交锋自然失利。他们的地势很不安全，敌人却是居高临下，而且波斯的骑兵之花又聚集在他们登岸的地点上。那先锋队几乎被敌人杀光了，剩下的只好逃向亚历山大。这时候国王已经率领右翼冲过来了，他自己首先向着波斯的骑兵将领所在的地方进攻，他身边的战斗十分激烈，同时希腊人一排排地渡过河来，这情形便没有先前那样困难了。于是马和马、人和人彼此格斗，希腊人要把波斯人推上高处去，波斯人却要把希腊人赶下河里去。亚历山大和他的卫队渐渐占了上风，这不仅是因为他们很勇敢，很有训练，而且因为波斯人的短兵敌不过他们的长矛。

正在杀得高兴时，亚历山大的长矛忽然折断了，他忙叫阿瑞提斯给他一支，哪知那位将军的长矛也弄断了，只拿着一半截在那儿苦斗。他把那半截矛给国王看看，叫他另外要一支。好在有一个科林斯人把自己的矛交给亚历山大。国王拿着这武器，望见波斯的驸马，他便带着一些人马形成一个楔子向敌人冲去。他亲手刺中驸马的脸，使他摔在地下。另一个波斯将领却向着亚历山大扑来，举起砍刀对着他的头劈来，劈去了他的盔顶，可是那金盔依然戴在他头上。亚历山大用力一刺，刺穿了那人的胸甲，刺进了他的胸膛。另一个波斯人却举起新月刀向国王砍来，这一刀真要命，多亏克勒托斯早已赶上来，一刀斩断了那人的手臂。到这时那些渡过河的骑兵急忙冲上来保护亚历山大。

波斯人现在受困，人和马都受了矛伤，骑兵和步兵混在一起，彼此都不能动作，于是他们渐渐往后退，先从亚历山大进攻的地方退起，他们两翼的骑兵阵线也乱了，只好一齐退下，这一刹那他们的骑兵死了一千多。可是亚历山大并没有追赶敌人，却向着波斯军中的希腊雇佣兵冲去，那些同族的兵士并不是决心要抵抗，而是因为战斗起得太仓促，来不及往后退。亚历山大命令他的方阵步兵向前冲，骑兵三面包围，那些敌人好似网里的鱼，全都跑不掉，只有几个从死人堆里爬了出去。这次战争，波斯将帅死得很多，连国舅、驸马、郡主都丧了性命。

据说国王的骑兵死了八九十名，步兵只死了三十名，国王下令厚葬他们，连他们的兵器盔甲都葬下去，还为他们立铜像，永留纪念，他们的父兄都免征免役。对于那些受伤的兵士他曾亲往慰劳，看看他们的伤势，问他们是怎样受伤的，问他们杀死了多少敌人。亚历山大恨死了波斯军中的两千希腊兵，他把那些生擒的“希腊奸”送回国去做奴隶，这些人也活该受罪，因为他们不但不遵守科林斯的誓言去攻打敌人，反而回头来杀自己的同胞。

亚历山大送了三百套波斯铠甲到雅典去献给女战神雅典娜，还写了这样一道献辞：

腓力之子亚历山大

从亚洲送回这些战利品。

勇敢呀，我们的亚历山大！

十二　象战

亚历山大东至印度，到达许达斯珀斯河畔，被波洛斯挡着去路。希腊军在河边扎下营盘，印度人在对岸把守渡口。亚历山大带着一些人马上下移动，弄得波洛斯心上心下，他的兵士也随着移动，很感觉疲劳。亚历山大还带着一些人马下乡去，一边破坏敌人的财产，一边侦察良好的渡口。所有河西的粮草都集中在他的营盘里，使敌人看见他有意在河边久住，等冬季水枯时再行渡河。这时候正当雨季，河水高涨，高加索山上的雪水更冲下来助威助势，大军过河是很困难的。

亚历山大公开宣布，如果夏天过不了河，他可以在此等候；可是他总是在寻找偷渡的机会。从正面是过不去的，因为敌方的人马又多又精，当中还夹着象队。希腊的战马看见那巨大的动物，听见那喇叭似的吼声，也许会受惊，在中流跃入深水中。

每到晚上，亚历山大便领着骑兵在岸前奔跑，唱希腊战歌，大声鼓噪，好像大军就要过河进攻。波洛斯也领着军队和象队随着那闹声移动。这样闹了许多晚上，只是无雨打空雷，这个印度国王也就懒得动了，认为那不过是虚张声势。

亚历山大看见敌人安静下去了，他便采用下面这个计策：那河身弯曲处伸出一块地角，上面长着浓密的树林，地角对面是一个没有人迹的小岛，这地方正好掩护军队渡河。

希腊军中依然热闹喧哗，渡河的准备依然公开进行。亚历山大把大军留在营中，交给克剌忒洛斯率领。如果波洛斯带领他的象队去迎击那偷渡的希腊军，或是敌人已经溃退了，那时候才许克剌忒洛斯过河。

亚历山大亲自带着一些精选的步兵、骑兵和弓箭手偷偷地行到那地角上。那晚上雷雨交加，更好掩护军队过河。可是军队绕过了那小岛，靠近对岸时，就被敌方的哨兵发现了，他们赶快去报告波洛斯。希腊军上岸后，立刻摆好阵势，准备进攻。可是他们后来发现那不是真正的对岸，而是一个很大的荒岛，岛的那边还有一条河，虽然不大，水势也够汹涌。他们费了相当大的功夫找到浅滩，步骑两军才涉水过河。这回上岸后，大家又把阵势摆好，五千骑兵首先加鞭前进，六千步兵在后面慢慢随行。亚历山大认为他的骑兵便可制胜，万一冲不过去，他便采取守势，等待他的方阵军。如果敌人看见他这样勇敢地渡河，自行溃退，他更好去追杀，越杀得多，日后的困难越小。

据说波洛斯曾叫他的太子带着六十辆战车前来抵抗，却被亚历山大冲散了，那个印度王子竟死在那儿。又据说希腊军上岸时曾有一场恶斗，亚历山大自己也受了伤，他的名马也死在岸前。

波洛斯听见这噩耗，便决心同亚历山大拼老命。他留下几匹象和一些人马在后面把守渡口，自己率领三万步兵、四千骑兵、三百辆战车和二百匹象前去应付。他把大象列在阵前，每匹象相隔七八丈远，使希腊的步兵和骑兵无法冲入。他又把步兵陈列在象队后面，把骑兵摆在两翼，骑兵前面还有战车。

亚历山大望见这阵势，不拟从中直闯。他领着骑兵向敌人的左翼前进。趁敌方的骑兵还没有增强，他就下令放出那如雨的箭矢，骑兵随着就往前冲。印度右翼的骑兵前来援救，希腊骑兵便紧跟在后面追。印度人的阵线一乱，他们抵挡不住，便退到象后面去了。于是象队向着亚历山大冲来，希腊的方阵军立刻上前去应付，他们围着象队，用标枪掷去；可是那些巨兽一直踏来，踏坏了希腊的兵士。这时候印度骑兵又从旁边冲出来应战，却又被亚历山大逼到象后面去了。到后来那些象挤在一起，有些已经失去了驾驭人，有些受了伤到处乱闯，对希腊人和印度人都同样践踏。那些夹在象群里的骑兵也受了很大的损失。希腊人却站得相当远，象来就退，象去就追，那些长枪一条条向它们投去。等那些象疲倦了，亚历山大才叫骑兵四面包围，方阵军上前去杀个痛快。所有残余的印度人都从缺口里逃走了。这时候对岸的希腊人便渡过河来追赶，完成了这巨大的胜利。

印度步兵损失近两万，骑兵损失近三千，所有的战车都毁坏了，剩下的象也成了俘虏。亚历山大总共才折了三百人马。

波洛斯看见全军失败时，他并不像波斯国王那样逃走，而是英勇地上前抵抗，直到他的右臂受伤，他才掉过象头向后退走。亚历山大看见他那样勇敢，不忍伤害他，打发一个印度人去劝他投降，哪知他举着矛就刺过来，几乎刺死了这信使。亚历山大到这时都没有动怒，又打发人去劝他。波洛斯这时口渴难当，便下象来饮了一点水，恢复了力气，前赴希腊军中。亚历山大骑着马来迎接，看见他这样魁梧，这样英俊，十分称赞，问他希望得到什么样的待遇，他回答说："亚历山大，把我当一个国王看待！"亚历山大听了这句话很高兴，又问道："波洛斯，在我这方面，我一定满足你的愿望；可是在你那方面，你到底想要些什么？"波洛斯回答说："一切愿望都包含在那句话里。"亚历山大听了，更是高兴，便把他的王权还给他，还赠送他一块更大的土地。

十三　亚历山大受伤记

亚历山大东至印度，他渡过许剌俄忒斯河，向马利亚人进攻。马利亚人抵挡不住，只好退进城去。亚历山大叫骑兵四面围城，敌人看见来势太凶，又放弃城垣，躲进卫城。这时候有一队希腊人突破了一道城门，先行闯入。他们以为这城市不攻自破，没有带云梯。后来看见卫城还在敌人手里，他们就开始挖地道，架云梯。亚历山大看见他的兵士动作太慢，认为他们在装病，他很不耐烦地抢过一架长梯，放在城边，自己举着盾牌就往上爬。剖刻塔斯举着特洛亚女战神庙上的盾牌紧跟在后面，阿瑞阿斯和卫队长勒翁那托斯也跟着往上爬。亚历山大爬上墙顶，用短剑刺死几个守城兵，其余的敌人都被他用盾牌推到里面去了。城外的卫队很担心他们的国王出危险，争着爬上来，不幸把梯子压断了，梯子上的人都坠了下去，底下的人便无法登城。

亚历山大立在城墙上，四面都有毒箭飞来，那些印度人不敢挨近他，只好用箭攻。国王是一个很显著的目标，他的衣饰最华丽，他的胆量也最大。他心想立在城墙上太危险，又做不出什么惊人的动作，但若他勇敢地跳到城里去，也许可以吓退敌人，万一遇着什么危险，倒也死得光荣。他这样想着就跃了下去。他在底下靠着墙根用短剑刺杀，敌军中的主帅勇敢地扑上来，也被他刺死了，他还用石头击退了两个人。于是马利亚人再不敢上前，只好用石头打他，用弓箭射他。

那些同时登城的人也都跃下来保护他们的国王。阿瑞阿斯脸上中了一箭，死在那儿。亚历山大自己也受了伤，那箭头穿过胸甲，进入肺部，气和血都从那创口里冒出来。只要他身上的血还够温暖，他总是奋力抵抗。到后来血流得过多，他便蹲在盾牌底下，晕过去了。剖刻塔斯横跨在他面前，勒翁那托斯也立在他身旁，他们两人都冒着箭矢的危险保护他。

城外的希腊人十分焦急，他们用尽各种方法爬城，有的在那土墙上钉上钉子，攀着钉子往上爬，有的踩在别人背上往高处爬，爬上城就跳进去。他们看见国王躺在地上，一齐放声哭唤，并用盾牌挡住国王的身体。

正在危急关头，有人启开城门，放进一小队希腊兵士。他们逢人便杀，连妇孺都不放过。于是他们把国王放在盾牌里抬了回去。据说有位军医把毒箭拔出，把创口的肌肉割去了一块。又据说当时没有医生，乃是国王叫一个卫兵把肌肉割下一块才拔出箭来。因此国王又流了不少的血，又晕过去了。他这样失去了知觉，血也就停流了。

当时军中谣传亚历山大已经受伤死去，将士一边痛哭，一边传递消息。他们忧心这王位谁来继承，继承人倒很多，可是他们的名声都彼此相齐，这事情谁来决定？他们更忧心回家路远，四面都是强悍的敌人，一大半都还没有被征服，那些降服了的印度人听见国王的死耗，也许会起来叛变。

后来又听说国王已经活了过来，可是大家都不肯相信。甚至还有人说国王就要亲身出来，他们更不相信，以为是将领制造谣言，安定人心。

亚历山大知道军心浮动，怕惹出乱子，他便叫人把他抬到河边，坐船下行。到了水陆军中，他更叫人把天幔揭开，让兵士亲眼看见他。这时候都还没有人相信，认为那不过是他的尸体罢了。直到国王伸出手来，他们才举臂欢呼，有的喜出望外，不禁下泪。后来兵士送上一架床，把他抬到岸上。他还叫人准备鞍马，他骑上马，大家都亲眼看见他，于是全军欢呼，震彻云霄。他最后下马步行，大家更是争着打他身边穿过，有的用手触触他的臂膀，或是摸摸他的膝头。一簇簇鲜花往他身上抛去。

当日有人说他太勇敢，独自往上冲，说那是一个大兵的责任，不是一个统帅的行为。亚历山大听了十分动怒。他好战喜功，认为那冒险的行为里有无穷的乐趣。据说有一位希腊诗人看见他那样生气，忙上前对他说："高贵的行为人人应作。"他更从悲剧诗人埃斯库罗斯的剧里借来这句名言："一个做大事业的人多难多磨。"这人立刻得到国王的称许，还赢得他最亲密的友谊。

十四　亚历山大之死

亚历山大征服印度，回到巴比伦，有一些预言者劝他不要到那古城去，怕遇着什么不祥的事情。他却引悲剧诗人欧里庇得斯的诗来回答他们：“那说得最美的才是最好的预言者。”那些人听了，更是滔滔不绝地劝告。国王哪里顾得这许多，依然领着他的人马前进。他走到城边，看见一群乌鸦在空中争斗，有一些斗死的落到他的脚前。很奇怪，他自己的最强健的狮子竟被一头驯驴踢死了。这些现象都使他心里发愁，不敢在城里居住。他不是在营里练兵，便是在河上游船。

有一次他亲手驾驶一艘古战船，他的王冠被风吹落水，那冠带却挂在芦苇上，这是多么不祥的预兆！有一个水手立刻跃入水中，拾得了那冠带。他怕把带子打湿，只好缠在他自己的头上，泅水过来。据说国王看见他那样灵敏，赏了他一笔钱，却把他的头斩了下来。还有一次国王脱了袍子去打球，有个犯人偷偷跑去戴上他的王冠，穿上他的王袍坐在那宝座上。那些卫兵见了，因碍于波斯的习惯，不便把那人拖下来，只好捶打自己的胸膛，撕毁自己的衣服，就像是遇着了什么天大的灾难。国王知道了，问那人是不是有意做什么不轨的事情，他回答说，是神叫他来坐坐的，他本人并没有意思要害国王。事情传出后，那些预言者更是振振有词。

过了几天，国王照样献祭，献祭后同他的将士饮酒到深夜。他正想退入寝殿时，有一个心腹友伴前来劝酒，他更是欢狂地酗饮，然后沐浴入睡。第二天他又同那个友伴共餐聚饮，直到深夜。这晚上入睡时，他身上有些发热。此后他每天躺在床上，叫人抬着他去献祭；每天照旧指挥水师，要到西海去称雄。可是他的温度越来越高，直到病重时，他才还宫去。有人问他这庞大的帝国传与谁？他心里明白他没有后嗣，所有的将领都不能支持这座大厦，只说道："传与最贤能的人。"这时候宫门外的兵士十分浮动，疑心国王已经抛弃了他们。他们冲进门来，整队在国王身边致最后的敬礼，国王频频向他们点头，或用眼睛向他们示意。亚历山大于公元前323年6月13日死去，只活了三十二岁零八个月。他一生都是灾难，冒过许多危险，不死在战场上，不死在城楼下，却这样淹死在酒里，未免太平淡了。他自己也知道太平淡了，想去投河，好让世人知道他去得无踪影，一定是升天去了。王后明白了他的用意，忙说他本是天之子，用不着那样做，也可以留下不朽的威名。

十五　重游希腊

在德尔菲

中央戏剧学院1984级导演专修班和进修班于今年3月及5月在北京上演了二十场古希腊索福克勒斯的悲剧《俄狄浦斯王》，受到好评。这剧的情节如下：忒拜城的国王拉伊俄斯预知他的儿子会杀父娶母，因此他的儿子俄狄浦斯出生才三天，他就派牧人把他遗弃在荒山上。忒拜牧人却把婴儿送给科林斯牧人，这人又把婴儿转送给科林斯城的国王波吕玻斯，国王把他当作太子养大。俄狄浦斯成人后，听人说他并不是国王的亲生儿子，他因此往北到德尔菲去问阿波罗，谁是他的父母。神只说他会杀父娶母，他因此不敢回科林斯，而往东向忒拜走去，在路上因为争路，他打死了一个老年人（即他的亲生父亲）。他到达忒拜，因为救了忒拜人民，被立为国王，并娶王后伊俄卡斯忒为妻。这剧开场时，忒拜城发生瘟疫，国舅克瑞翁从阿波罗那里得知，要把杀死老国王的凶手驱逐出境，瘟疫才能停止。先知同国王争吵时，指出他就是凶手。俄狄浦斯因此疑心国舅收买先知来篡夺他的权力。王后劝俄狄浦斯不要相信神的预言，因为老国王是死在一群强盗手里的。俄狄浦斯正在怀疑老国王是他杀死的，这时候科林斯报信人（也就是牧人）前来报信，说科林斯的国王死了，要迎接俄狄浦斯回国为王。俄狄浦斯害怕回去会娶母为妻，报信人因此指出，科林斯的王后并不是他的母亲。俄狄浦斯又找来忒拜牧人，这人指出婴儿时的俄狄浦斯原是他送给科林斯牧人的。于是真相大白。俄狄浦斯挖瞎了自己的眼睛，请求出外流亡。这剧由我的老大罗锦鳞导演，采用我1936年出版的译本。我等了五十年，才看见我们首次上演古希腊悲剧，得偿生平夙愿。

希腊大使雷拉斯曾于3月27日晚上看了《俄狄浦斯王》的演出，认为这是他看过的外国人演的古希腊悲剧中最好的。希腊大使馆参赞拉多波洛斯也对我们说：“我在西欧、美国都看过这个戏的演出，那些演出都未能反映出古希腊悲剧的精神。你们的戏却很好地反映了这种精神。这个戏的布景是我所看到的这个戏中最好的，非常棒。”3月31日晚上，希腊大使馆参赞海伦·兹西施第二次观看了演出，她告诉我，希腊的德尔菲欧洲文化中心邀请这台戏到希腊去演出，并邀请我参加该中心举办的第二届古希腊戏剧国际会议。

我曾于1933年秋天赴雅典入美国古典学院学习一年。回国后，每次阅读古希腊经典著作，我总是怀念希腊的古迹、风光和好客的情谊，盼望能旧地重游。多年的愿望如今可以实现了。好些亲友劝我，说年岁到了，勿作远游，要去也须多加小心，避免风尘劳顿。医生为我两次检查身体，只叮嘱我到达时不宜过于兴奋。

6月13日傍晚，我随同中央戏剧学院廖可兑教授和张全全老师自北京起飞，途中在沙加稍停留，于14日抵达法兰克福，换飞机到达雅典，稍事休息，于当地夏令时间下午6时乘汽车出发，经过忒拜古城（俄狄浦斯的家乡），向西盘山前进，暮色苍茫，气氛神秘，9时抵达德尔菲。只有在梦中才能像希腊神话中的“神行太保”（神使赫耳墨斯）那样迅速，飞跃千万里。

德尔菲欧洲文化中心，是希腊文化部领导的半官方性质的机构，旨在振兴希腊文化，加强国际和平与世界人民的友谊，促进国际间的学术交流与合作。中心每年举办各种学术讨论会和艺术表演，包括戏剧、舞蹈、电影、电视、诗歌、音乐、绘画、雕刻等节目。今年是第二届，曾邀请我国诗人参加，后来因故将诗歌讨论会改至明年举行。

今年的戏剧节有二十多个国家的学者和艺术家参加，讨论会的题目是："古希腊戏剧的解释问题：剧本、声音、形体、面具。"

15日下午举行大会的开幕仪式，只有文化中心主任伯里克利·涅阿尔胡和副主任忒俄多罗斯·泽佐鲁洛斯两人发言，共占十五分钟，然后是酒会，自由交谈。主任在致辞中说："使我们特别感到高兴的是，一部与德尔菲有密切关系的悲剧《俄狄浦斯王》将由中国人在德尔菲古竞技场首次公演。我想借这个机会为我们的下一届古希腊戏剧国际会议提出一个讨论题目，即'亚历山大大帝之后古希腊戏剧在东方'。希腊化时期在古希腊戏剧史上是一个重要关头。在这个时期，古希腊戏剧与其他文化传统发生了直接的接触，突破了自己的摇篮的边界、古希腊城邦以及古希腊世界，并且在完全不同的情况下，在多民族的、多文化的结构中得到扩张和发展。"

晚上看日本剧团上演《克吕泰墨斯特拉》，这剧取材于现存的六部有关希腊联军统帅阿伽门农家族的英雄传说的古希腊悲剧，由铃木忠治先生自编自导。实际上，正如一些学者看后所指出的，这不是古希腊戏剧，而是一出现代化的反对战争的新戏剧。剧中有一个角色由美国人扮演讲英语，其余的由日本人扮演讲日语。演出采用日本脸谱和表演风格，技术精湛。只是舞台上出现装美国万宝路香烟的烟筒，使我百思不得其解。据说这剧在美国演出，大受欢迎。

16日晚上我们的剧团上演《俄狄浦斯王》，受到非常热烈的欢迎。演出后，我国的唱鸿声大使同代表团和全体演出人员一起参加文化中心款待的烛光宴会，我们在那里见到文化中心的主席，他祝贺我们的演出成功，同我们畅谈希中两国人民的深厚友谊。剧团的歌手伊琳、蒋立力两人唱我国的著名歌曲，希腊友人也唱他们的古老民歌。大家兴致很好，饮酒到深夜。

17日的学术讨论会成了“中国人的上午”。在大会上发言的有罗锦鳞，他主要谈《俄狄浦斯王》这剧的导演构思，认为这是一出反抗命运的英雄悲剧。我的发言要点如下：我们已翻译、出版三十六部古希腊悲剧和喜剧，其余十部即将出版。单说《俄狄浦斯王》就已发行十万册之多。为了使中国观众易于了解，我们已将译本简化，把所有的神都称为“阿波罗”，因为这个神名与太空飞行有关，在我国已是家喻户晓。我还提及这剧的“退场”有三百零八行，似嫌过长，而且和古希腊悲剧的传统结尾一样，相当宁静。我们因此把这一场景稍微压缩，并且为了使剧情更能激动人心，引起观众的同情和怜悯，我们使主人公自动出外流亡。我感谢希腊国家剧院曾于1979年到我国以传统的表演方式上演埃斯库罗斯悲剧《普罗米修斯》（写普罗米修斯因送火给人类而受到大神宙斯的迫害的故事）和欧里庇得斯悲剧《腓尼基少女》（写俄狄浦斯的两个儿子为争夺王权而自相残杀的故事），为我们上演古希腊悲剧提供了很好的典范。我特别感谢希腊国家剧院的著名导演米诺蒂斯。

讨论会上对我们的演出表示称赞。也有人指出，我们在演出中借用的一段希腊音乐不是悲剧的音乐，与剧情不合。也有人建议我们采用东方音乐，效果也许更好一些。但也有人认为剧中的音乐是成功的，请原谅有人提出不合适的问题。此外，还有人认为服装的颜色和布料太漂亮，使演出显得太浪漫了，与悲剧气氛不和谐。我的补充解答是，我们原来弄到的专为《俄狄浦斯王》配制的音乐太现代化，不合用。排演时间短促，几次更换音乐，都没有配好。其实那一段是我们弄到的专为这剧谱写的音乐，一般人没有认出来。至于服装的鲜艳颜色是为了吸引中国的观众，我们当初担心没有什么人看我们的演出。我记得轻飘鲜明的服装是埃斯库罗斯首先采用的。

讨论会后，能歌善舞的伊琳身穿旗袍表演戏曲旦角在花园扑蝶采花和刀马旦扬鞭趟马两种身段，以口头音乐代替伴奏，引起各国戏剧家的极大兴趣。

我们向文化中心赠送汉砖拓片、唐三彩马一类的礼品以及我译著的有关希腊文学的书籍十余种。文化中心回赠我一件银质的浮雕仿制品“酒神和二女信徒”，非常精美。

18日我们参观德尔菲的古迹。此地上有光亮的峭壁，下有幽深的峡谷直通科林斯海湾，时有气流自谷里向上翻腾。阿波罗庙地是古代宗教、政治、外交、文化的中心，闻名于全世界。女祭司坐在庙内三角鼎上，口中念念有词，代神发出预言，由男祭司编成模棱两可的诗句。这些预言曾在公元前7世纪到公元4世纪千余年间对许多国家和个人的命运产生过很大的影响。吕底亚的国王克洛索斯曾请求神示，阿波罗告诉他：

你若向波斯进攻，会毁灭一个大帝国。

结果是克洛索斯毁灭他自己的强大帝国。阿波罗曾预言，希腊战胜波斯要靠木头。雅典将军忒弥托克勒斯猜中了神示的意思是指“木船”，他因此建立海军，挽救了希腊人的命运。阿波罗还指出苏格拉底是世上最聪明的人，这句话害了这个哲学家。

阿波罗庙上的残柱，是用倒在地上的石鼓重新建立的。庙顶上曾刻有“认识你自己”和“勿过度”两句哲理格言。庙中原来存有“肚脐石”（德尔菲博物馆现存的蛋形肚脐石是后世的仿制品），表示此处是大地的中心。神话中说，宙斯曾遣两只鹰自大地东西两端相向飞行，它们在德尔菲上空相遇，“中心”之说起源于此。有记者要我谈谈观感，我说，我仍然相信德尔菲是大地的中心，如今已成为欧洲文化的中心，并且是西方世界的中心。

阿波罗庙上方有一个小剧场，建于公元前3世纪，现已残破，须经过修理才能供演出之用。德尔菲竞技场并不是理想的演剧的场所。古时候这里每四年举行一次运动会，盛大程度仅次于奥林匹克运动会。庙地东边是卡斯塔利亚泉水，晶莹甘甜。女祭司颁发预言前须饮这泉水，受到神的感召。历来各地前来朝圣的诗人都要喝口泉水，以求获得诗的灵感。我从前也喝过，这次多饮几口，望能有助于我翻译古希腊诗。

庙地上原来有三千多件雕刻，被罗马皇帝尼禄（公元前68—前54年在位）抢走了五百件，剩下的后来被拜占庭皇帝忒俄多西俄斯（公元379—395年在位）毁坏了。但德尔菲博物馆尚存有各个时期的古物，其中最著名的是《战车御者》的铜像，为公元前478年左右的作品，表现车赛将要开始时的紧张而镇定的心情。

在雅典

19日我们回到雅典，晚上在俄得翁古剧场看我们上演的古悲剧。这个剧场是罗马贵族赫罗得斯出资于公元161年建成的。剧场原来有屋顶。观众席能容五千人，已于第二次大战后重新修建，非常美观。舞台高一米，宽三十米，深六米。舞台后面仍然有两三层残墙高耸，气势雄伟，所以我们的演出显得分外庄严。如今这里经常表演古希腊戏剧以及现代戏剧、歌剧、舞蹈，吸引着全世界的游客。记得很多年前，我曾经在这里看德国人来此上演埃斯库罗斯的历史剧《波斯人》，当时剧场很荒凉，我是半躺在石座上观赏的。短短一出悲剧竟演了两个钟头，报信人传达波斯水师在萨拉米海湾被希腊人击溃的消息后，步步升高退入波斯王宫，未免夸张过甚。

我们的演出受到极热烈的欢迎，观众齐声称赞，有许多著名导演和作家以及侨胞走上舞台同我们握手、拥抱。当初我们担心两千多年前的古剧，在国内恐无人欣赏，如今竟能在索福克勒斯的故乡引起这样大的反应，使我们感动得流泪。

我们在俄得翁演出之后，已近午夜，寄居在雅典的侨胞还为剧团举行宴会，庆祝演出的成功，盛况有如德尔菲的烛光晚会。想起我当初在雅典求学时，全希腊只有我和焦大两人，使我不胜感慨，赞美今日的繁荣。

雅典的报纸、电台、电视台曾对我们的演出做过广泛的报道与评论。《新闻报》报道："北京中央戏剧学院剧团将《俄狄浦斯王》带到德尔菲，这剧的演出将成为第二届古希腊戏剧会演中最引人注目的核心。据希腊文化部长的助理米哈伊说，中国剧团的来访，是文化部长梅尔古莉访华的结果。"有的报纸曾预言，在德尔菲戏剧节最大的兴趣将集中在中国剧团上演的《俄狄浦斯王》。6月9日我们的剧团举行记者招待会，有人问，中国人是唯物主义者，为何要演古希腊悲剧？怎样演？这些问题是很有趣味的。

《黎明报》写道："中国人上演的《俄狄浦斯王》成了德尔菲舞台的中心。随着灯光熄灭而爆发出来的热烈掌声是最好的证明。中国人以一种质朴的风格表演出对古悲剧的热爱。他们自觉地使演出更接近于古典形式。所有舞台实物都是他们根据古希腊史料、亚里士多德的《诗学》，以及希腊国家剧院的演出资料而构思的。我们第一次看到用流畅、纯洁的戏剧语言演出的《俄狄浦斯王》。"

《民族报》写道："中国人在努力想象希腊人是怎样演古悲剧的。昨晚，赫罗得斯古剧场上的观众向中国剧团报以热烈的掌声。中国人的演出具有质朴、纯洁的情感和在此难以见到的清新，让人想起本世纪初西克里诺斯夫妇的剧团在德尔菲的尝试。一段西方音乐引出了对古希腊生活的介绍，中国演员摆出了模仿古希腊陶器图案的造型，我们从中看到了掷铁饼者。中国的俄狄浦斯长着小胡子，装扮得像古罗马的元老，以精湛的表演胜任了他扮演的角色。在此以前，中国的艺术家只看过米诺蒂斯率领的国家剧院的访华演出。就这样，我们看到了中国的玻科比兹和特佐革亚，看到了龙迪里斯戏剧学院的舞步，看到了一位美貌绝伦的伊俄卡斯忒，她使所有珠光宝气的妇人相形见绌。中国人尊重希腊传统，并根据自己的见解演出了《俄狄浦斯王》。"

《日报》写道："如果铃木先生企图使古希腊悲剧日本化，与此相反，中国人则使他们的演出希腊化。希腊观众立即认出中国人的演出是古希腊演出的模仿。显然中国剧团从希腊国家剧院的演出和剧照资料中获得了直接的经验。然而这带有强烈的浪漫色彩的演出比希腊国家剧院的传统风格更生动活泼。我甚至认为他们的演出更接近于龙迪里斯的风格。一般的印象是，希腊观众目击了这包含着天真与灵巧的演出。我认为这是非常积极的因素，足以表示中国人对某种具体文明的赞赏。"《日报》甚至说："中国人演古希腊悲剧，艺术水平这样高，演得这样好，使我们希腊人要重新认识我们的古悲剧，为此我们应该派人去学习汉语，了解中国人怎样理解古希腊悲剧。”

希腊前文化部长对我们说：“我研究古希腊悲剧四十五年，看了你们的演出后，我感到自己很渺小，因为我从来没有想到中国人会用这样虔诚的手法来演古希腊悲剧。你们的谦虚、你们对原作的研究、你们的发言，对我来说，是很好的学习。你们用精彩的演出给我上了一课。我祝贺你们的成功。中国人对希腊文化进行了那么多研究，出版了那么多译本和文章，又有这么精彩的演出。不知我们当中有谁在研究中国的文化？我们是欠了你们的债。”

文化中心的副主任、艺术总监、在德尔菲上演的欧里庇得斯悲剧《酒神的伴侣》的导演忒俄多罗斯·泽佐鲁洛斯也对我们说：“你们的演出使我们重新认识了古希腊悲剧。”

法国科学院院士、希腊文学专家彼特里迪斯也对我们说：“看了你们的演出，使我百感交集。我想，也许只有像中国这样具有古老文化的民族，才能理解古代希腊的智慧和文化传统。”

希腊著名女演员艾兰娜·查达莉看了我们的演出感动得流泪。她对我们说：“你们的演出好极了，你们非常尊重希腊的古典传统。”

有人称赞俄狄浦斯在舞台上背向观众挖掉自己的眼睛，戴上一块黑纱布，说这是中国人的重大发明，而希腊导演多年来未能解决这个处理问题。也有人称赞中国导演从戏曲表演中借来抢背的手法，使俄狄浦斯仰面倒地，他们认为这种动作能表现人物的痛苦心情。他们还说，应该派人到中国去学习这类的舞台技巧。据说1979年，我国京剧团在雅典上演《白蛇传》时，戏曲的表演程式很受称赞，只是剧情复杂，观众跟不上。

从上述报道和发言可以看出传统派的评论家对我们的演出非常满意，认为既合乎希腊的传统，又有中国表演的特色。至于现代派评论家则不完全满意，认为没有中国的民族特色。这一派人很称赞日本剧团上演的《克吕泰墨斯特拉》。希腊的泽佐鲁洛斯剧团这次在德尔菲上演了欧里庇得斯悲剧《酒神的伴侣》（写忒拜妇女在山中疯狂地庆祝酒神节的故事）中的疯狂场景，约占两个钟头。这也是现代派的表演手法，用姿态表现疯狂的心理，受到这一派人的称赞。也有人评论说，疯狂姿态处理得很怪。我们看了，有些难受。此外，塞浦路斯剧团也在德尔菲上演了《俄狄浦斯王》，也是现代化的，演员穿的是背心一类的现代服装。由于时间冲突，我们没有观看，不便评论。

目前的情况是现代派的表演在舞台上占有优势，因此有人叹道："目前希腊舞台上存在着以追求现代派手法为时髦而否定传统的倾向。中国人的演出给了我们以新的启示。我们应重新考虑怎样对待希腊的古典传统这一问题。"如果我们的演出能在这个问题上起一点作用，这算是意外的收获。

我们的演出已引起一些国家的注意。我们的剧团于6月23日由雅典乘火车返国，次日在途中下车参观时，得悉南斯拉夫曾邀请我们的剧团去演出，可惜为时已晚。

我们会见过巴黎的音乐、戏剧、电影杂志《厄勒拉马》的编辑吉尔斯·亚历山大，他对我们的演出表示称赞，曾在他的杂志上介绍我们的演出，并要我们给他剧照，以便做更详细的介绍。

我们会见过美国著名导演罗伯特·威尔逊，他非常称赞我们的演出。他告诉我们，世界各大都会他都去过，就是没有到过中国，很想到我国访问。他导演的欧里庇得斯的悲剧《阿尔刻提斯》、莎士比亚的《李尔王》等名剧这一两年将在美国、西德等国的大城市轮流上演。

我们还会见过雅典青年剧院院长兼希腊商业航海部导演扬尼斯·卡瓦拉斯，他送我一大本《希腊航海文学作品集》，上面给我的题词是：“您热爱希腊，把《俄狄浦斯王》译成了中文。”

我们在雅典访问过库恩先生。1933年，我在雅典的美国古典学院念书时，库恩在那里教英文，现在他已成为希腊最负盛名的导演之一，老态龙钟，体弱多病，还在大暑天训练演员，真是辛苦。他力求以新颖的表现手法赋予舞台以新的魅力和诗意。他导演的阿里斯托芬的喜剧《地母节妇女》（写雅典妇女恨欧里庇得斯在悲剧中污蔑妇女而要他的老命的故事：欧里庇得斯的亲戚乔装妇女混进去为他辩护，被她们发现是个男人，诗人多方设法才把亲戚救出来），19日在德尔菲上演，应是一台最好的戏，我们因为当天赶回雅典而未能观看，很是可惜。我们的《大百科全书·戏剧卷》上有他的条目。我们得到一本记载他的戏剧活动的书，拟对他做更详细的介绍。

如今雅典城有好几十个剧团。听说希腊国家剧院正在改组，米诺蒂斯已另行组织剧团。他曾劝我们先到雅典观摩，然后回国排演，再到希腊演出。我在北京见过他，可惜这次来不及同他联系。我们曾经在北京借到由他导演并主演的索福克勒斯悲剧《俄狄浦斯在科罗诺斯》（写俄狄浦斯辩明自己无罪，得到神的眷顾，神秘地死亡的故事）的录像带，希望有特别的放映机能放出彩色在国内播放。

文化中心曾介绍我们去看雅典上演的歌剧，临时由于演员罢工没有看成。据说时令尚未到旅游旺季，雅典戏剧演出不多。如今一向平静如镜的地中海的上空风云险恶，雅典的桃杏因高空核扩散污染而中毒，墨西哥足球大赛又夺去了大量游客，希腊有无旺季，尚难预卜。

我们曾应希中友好协会的邀请，和剧团一同去游海。船主是协会的主席，对我们热情款待。这艘豪华游船由雅典港口比雷埃夫斯东岸出发，我们遥望西边的萨拉米湾，古希腊人曾在那里击溃波斯海军。开船不久，听说有游客的照好的相片出售，我买了一张，上面有我的全身像，锦鳞站在后面，脸部未完全照出。我佩服这游船既为旅客服务，又生财有道。船直航埃吉纳岛，当年雅典全城的居民曾撤退到这里避难。岛上有阿淮亚（类似女猎神阿耳忒弥斯）庙的残柱，庙顶三角墙上的精美雕刻已流落到西欧去了。船南行到达许德拉，有人下海游泅。一路上风光明丽，海水蔚蓝，天边一带紫红，上涂淡青，有似长虹。希腊人得天独厚，自然美景有助于艺术的繁荣。希腊三宝是阳光、海水、石头，到处是可供建筑和雕刻的石料。游客沐浴阳光，面海亲昵，尽情欢乐。协会的秘书长同我畅谈希中两国的文化交流与友好来往。他赠送我一本彩色旅游手册《希腊》，此书介绍希腊文化与风光，十分精美。

21日我们上卫城，远远望见“雅典娜胜利女神”（这是雅典娜的别名，不是那位有翼的胜利女神的称号）的小庙，有四根石柱，是1936年复原的，非常秀丽。那就是我们在国内演出的《俄狄浦斯王》的舞台背景。我们随即进入卫城的大门（Propylaia，本义是“大门两端前面的柱廊”），这个建筑在古代与卫城上的雅典娜处女庙齐名，如今虽然残破，仍显得宏伟雄壮。

上到高处，看见雅典娜处女庙（巴特农，或解作“处女们崇敬的雅典娜的庙宇”），这是古代最有名的建筑，堂皇、完美、和谐、匀称。庙上没有一条直线，四面的地基线和柱顶上的横线稍向上弯曲，从两端可以看出来。这样的曲线，半径很大，现代的建筑师画不出来。当日最著名的建筑师伊克提诺斯和克剌忒斯用这个办法来纠正眼睛的错觉，因为完全平直的地基线看起来是中间部分稍往下陷落，使人觉得不平稳。庙的东西两边各有八根大柱，左右两边各有十七根大柱（犄角上的大柱数两遍）。柱下部的直径约一点八米，柱顶部的直径约一点五米。柱的周围有二十条线槽，下宽上窄而深度相同。这个庙地从前让人自由游览。记得当年曾偕好友月夜上卫城，躲在石柱的阴影里，不致被人看见。

庙上面的雕刻是最珍贵的艺术品，出自最著名的大师菲迪亚斯之手，或是经他指点而雕成的。东边顶上的三角墙上面雕刻的是雅典娜自宙斯头里出生的奇景：工匠神赫淮斯托斯用斧头劈开宙斯的脑袋，两端底角上刻的是太阳神车前的马头和月亮神车前的马头，马的鼻孔似乎由于喷气而颤动。西边三角墙上刻的是雅典娜和海神波塞冬争着做这个城邦的守护神的奇景：雅典娜献出一棵象征和平的橄榄树（一种似橄榄树而非橄榄树的厄莱亚树），海神用三叉击出海水，水里出现一匹战马。众神选择橄榄树，因此雅典娜成为这个城邦的守护神，雅典成为“和平城”。1984年8月6日，东、西欧和平运动国际会议正式宣布，将雅典命名为“和平城”。上面这些艺术品以及一百六十米长的壁缘（沿墙顶的饰带）和九十二块“方形墙面”上面表现献祭游行与战斗场面的浮雕，大部分已经流落到西欧去了，希腊人正要把他们的国宝收回。

古希腊的建筑物本来可以使用一万年，可是1687年，威尼斯人用大炮击中了土耳其人存放在雅典娜处女庙里的炸药，破坏了古代艺术的精华，真是可惜。这座庙宇虽然残破，依然无限光华，人人喜爱。上次大战期间，各国飞机奉命不得轰炸卫城。

下山后，我们参观酒神剧场。从中世纪到近代，一般认为俄得翁剧场就是酒神剧场，直到1765年才由一枚钱币上得知这个剧场位于雅典娜处女庙的东南方。这个石结构的剧场约建于公元前340年，在此以前，所有的戏剧都是在这里的木结构的剧场上上演的。这个遗址自1841年开始发掘，直到1895年才完毕，现在仍然保持着五十年前的原样，显得荒凉。

我们还参观了奥林波斯宙斯庙，这座大庙由雅典僭主庇士特拉妥（公元前560—前527年在位）开始兴建，工程因继任的僭主被推翻而中断，直到公元前174年才由叙利亚国王厄庇法涅斯出资继续建筑，到了公元130年才由罗马皇帝哈德良完成。庙基长约一〇六米，宽约四十米，为古希腊世界第三个大庙。原来有一〇四根非常秀丽的科林斯式石柱，高约十六米，现存十五根，有十三根立在庙基的东南部，有两根立在西南部，自海上可以望见，有似雅典的门户；还有一根1852年被狂风吹倒，卧在地上，有似巨灵。

大庙北边有一个拱形牌坊，上面刻有文字："北边是古希腊，南边是新罗马。"可能是大庙建成时为了对哈德良表示谢意而修建的。

大庙东边是一个非常幽雅的大公园，里面有许多雕像，拜伦像立在公园西南角上，有女神给诗人加冠，感激他为争取希腊的自由而献身的精神。

卫城北边是古雅典市场，那里原来有许多建筑和几个长廊，是当日雅典人的政治活动和娱乐的场所，为苏格拉底和斯多葛派哲学的创始人芝诺谈话和讲学的地方。东部的长廊是小亚细亚拍家马的国王阿塔罗斯修建的，已由美国古典学院复原，非常美观。

22日游伯罗奔尼撒半岛。车沿海湾西行，经过埃斯库罗斯的故乡厄琉西斯。古时候那里有敬奉农神得墨忒耳和冥后珀耳塞福涅的庙宇，有四十多米见方，盖有屋顶。信徒们为了对未来的世界抱有希望而加入得墨忒耳的密教，其中的秘密是不许泄漏的。埃斯库罗斯曾被控告在戏剧中泄漏了秘仪，他在答辩中说，不知道是秘仪，因此被判无罪。

我们到达科林斯（这是俄狄浦斯寄居的地方），旁边有沟通科林斯海湾与爱琴海的运河，建于19世纪末年，长约六点五公里，宽约二十三米，河上的桥高五十来米，桥下有船影移动，水波粼粼。在古代，海船由陆地上拖过地峡。古时候，这里崇拜海神，每两年举行盛大的运动会。这个城邦地处东西方交通要道，当日商业繁荣，生活奢华，所以《俄狄浦斯王》剧中的科林斯报信人（牧人）比忒拜牧人有教养。

车往南行到达埃皮扎弗洛斯。这是崇拜医神阿斯勒庇俄斯的圣地，医神庙旁有一所疗养院，古时候病人住在院里，用自然疗养法，靠清洁的水和空气恢复健康。这里的古剧场是保存至今最完好的希腊剧场，左右对称，和谐美观，能容纳一万两千人。1933年，剧场是一片荒凉。1955年，这里首次举办戏剧节，至今希腊国家剧院已经在这里演完现存的四十多部古代剧。文化中心曾告诉我们，晚上可以看欧里庇得斯的悲剧《海伦》，但消息不灵通，演出已于昨晚结束。这个剧场音响效果非常好，据说最高排的观众都能听见演员的衣服拖地的窸窣声。吴雪同志曾告诉我，他坐在观众席半高处，能听见下面撕纸的声音。我耳力不聪，这回坐在同一个高处，也能听见圆场上游客的轻言细语，至于拆舞台搬石头的声音，则似雷鸣。

车向西南到达瑙普利亚港，海水深绿，风景明丽。西北岸是阿耳戈斯城，归阿伽门农管辖。荷马史诗中的希腊人称为阿耳戈斯人。这里有一个大剧场，据说能容纳两万人。瑙普利亚北边是迈锡尼，为阿伽门农的都城。卫城入口处有狮子门，门上方有两只抱着石柱的狮子。门内有坑冢，可能是阿伽门农家族的墓穴，从那里发掘出许多黄金器皿，有王冠、别针、酒钟、嵌金的宝剑，工艺精美，足以证明荷马诗中提起的迈锡尼“遍地黄金”。狮子门旁边有一个用石块一圈圈砌成的蜂窝形建筑，称为阿伽门农的陵墓，其实是他父亲阿特柔斯的宝库。

23日游苏尼翁海角，海角三面是六十米高的悬崖，海面时有对吹的风掀起波涛。海角上有敬奉海神的大庙，可作为雅典水手航行回家的指标。庙地选择在最理想的地点上，据拜伦说，在阿提卡（雅典的领土），除了雅典和马拉松而外，再也没有比科罗那（苏尼翁）更美的景致。

24日参观戏剧博物馆，馆前有公元前5世纪著名政治家、军事家伯里克利的全身像，头部是仿古的复制品。雅典城经波斯人毁坏后，由伯里克利重建，卫城上的建筑就是他亲自筹划和监督建造的。馆内有许多古希腊戏剧的演出剧照和角色的服装，还有戏剧研究室和名演员的化妆室。有一位演员曾把他的头骨献出来，作为上演莎士比亚的悲剧《哈姆雷特》中掘坟一景之用。我们的剧团曾把部分道具赠送给戏剧博物馆，他们将设立专柜展出。

中午参观美国古典学院（又称美国考古学院）。学院建于1881年，主要工作是发掘雅典的古市场和科林斯古城。学院的根那得翁图书馆很有名，藏书八万册，管理得很好。有些书籍有二十多张卡片，便于学者收集资料。那两位分别于1963年和1979年获得诺贝尔奖金的希腊诗人塞菲里斯和埃利蒂斯曾把他们的手稿赠送给这个图书馆，馆内还保存着埃利蒂斯获得的奖品——“诗人在琴音下写诗”的浮雕复制品。我曾把我译著的十余本书赠送给这个图书馆。

我从前住在南北校园之间的斯珀弗西波斯街，现在街道两旁已全部改建为百尺高楼的漂亮宅第，见缝栽花。环境变化是这样大，使我认不出我当年寄住的人家，街上的行人净是陌生的面孔。

街道西头就是我们下榻的圣乔治·利卡威托斯宾馆。下午我独自攀登利卡威托斯山。古时候，雅典娜曾嫌卫城太矮小，因此搬来这座山。当时她听说城里出了乱子，便把这个山峰扔在这里，赶回家去。这山道是我从前每天看晚霞必登之路，如今也成了陌生之地。上到高处，俯瞰全城，楼阁林立，色彩斑斓，一扫从前的低沉灰暗。前方是海水，蓝中带紫。夕阳西下东方许墨托斯山红得发紫，透过清明的空气，把彩色反射到城市上空，犹如给它“戴上一顶紫云冠”，这是写颂歌的诗人品达赠送给雅典人的诗句，惹得阿里斯托芬在喜剧中叫歌队长对雅典人说：“那些外邦的使节想诱骗你们，他们只要首先把你们的城邦称为头戴紫云冠的雅典，你们立刻就踮起屁股尖坐得笔挺了，因为你们喜欢戴这顶高帽子。”

25日参观考古博物馆。记得从前这是一个小小的建筑，放不下多少珍宝，主管人因此同我开玩笑，只要给他一点我们的古物仿制品，他就能用古代的土瓶作为回赠。如今这庙宇式的建筑，庞大雄伟，保存着从石器时代至古希腊晚期的历史文物，美不胜收，尤以雕刻和瓶画最引人注目。海神掷三叉的青铜雕刻雄健有力，威严可畏。墓碑上的浮雕表现死者生前的愉快生活而不引起哀思。古希腊的土瓶形状优美，人物秀丽，是用工笔绘成的，能永久保存，打破了也能复原。

这天下午得知已购得明日的回程飞机票，不胜惆怅。原来伯里克利·涅阿尔胡主任曾留下字条，说我年事已高，不易再来，留我多住些日子，一两个月也可以。现在由于种种原因提前回国，以致好多地方来不及参观考察，好多知识来不及吸收消化，未免辜负了这个大好时机。

晚上到我国大使馆汇报并辞行。这次的访问多承唱鸿声大使、范承祚参赞以及大使馆的工作同志指导与帮助，得以顺利完成，很是感激。范同志外交事务繁忙，还有兴致写出大量诗篇，形式仿古而内容新颖，真是难能。他的《题拜伦墓》是一首悲壮而清新的诗："岂止下笔如有神，正义远征唱拜伦，舍得赤心留异域，长使青松伴英魂。"使馆房舍雅致，花园幽静，有盘根大树、芬芳绿叶。

返回途中，在科罗那基广场停留片刻，这是我从前午间常到的清幽之地，如今灯红酒绿，换了人间。

26日雅典大学教授兼导演安娜·德娜西到旅馆来访问，她非常羡慕我国的文化，对我们的演出声声赞美。她赠送我一本她母亲（雅典大学哲学教授）保存的由丁多尔夫于1914年校勘的《索福克勒斯全集》，这是一种很珍贵的古希腊文版本。本想请她介绍我们去雅典大学访问，可惜已经来不及了。

在法国钻研大半生古希腊史与古希腊文的左景权先生约我绕道巴黎去看法国人于6月底至8月初上演的索福克勒斯悲剧《厄勒克特拉》（写俄瑞斯忒斯和他的姐姐厄勒克特拉为他们的父亲阿伽门农报血仇的故事），可惜音信迟到，难以改变行程。

我遥望卫城上的雅典娜处女庙，赞美希腊文化的光辉灿烂，感谢希腊人民对我们的深情厚谊，怀念当年在此度过的一段美好生活，心潮澎湃，不忍别离。

中午文化中心派车送我们上飞机场。下午在法兰克福换飞机，经卡拉奇回国。我在飞机上看到一本德文杂志，上面有对我们的演出的报道和我在德尔菲留下的身影，可惜无法购买。

回来后，反而很兴奋，身在祖国，心留异地，昏昏沉沉，不思茶饭。近日始从梦中清醒过来，身心尚健。叹五十年流光似水，未下功夫。愿上天假我数年，使我能在远游的兴致和激励下完成未竟的工作。

尾声

希腊今日国家繁荣，人民幸福，他们每周工作五日，每日五小时（九点至十四点），得闲暇，尽情欢乐。高收入，高消费，行人匆匆，车如过江之鲫，一片繁忙景象。旅游道上，千百里鲜花似锦，处处有好去处和海滨浴场。我的心情却怀念昔日的安闲与从容，看青年伴侣携手同行，夜游公园。

如今中希两国政治、经济交往频繁。今年5月，希腊总理帕潘德里欧曾来我国访问。7月10日，赵紫阳总理回访希腊，传说是雅典娜女神把高温降低到二十六度，表示欢迎，可谓神奇。两国宾主对进一步加强中国和希腊在经济、技术和文化等领域的合作都表示了强烈的愿望。赵总理在参观希腊考古博物馆时甚至说，中希两国加强文化交流将会对世界做出贡献。这些消息使我们深受鼓舞。

我们这次到希腊访问，增进了我国戏剧界同希腊戏剧界的交往和友谊，开阔了眼界，扩大了影响。我们要尽最大的努力提高我们的艺术水平，多介绍希腊的经典著作。

希腊友人对我国的学术研究、文学艺术、戏剧演出了解不多。另一方面，我们对希腊的戏剧研究和演出所知甚少，同各国学者和艺术家的联系也远远不够。这些情况应设法补救。我们认为我们也应当以德尔菲欧洲文化中心为榜样对待我们的文化事业。只要国家鼓励，重视教化，我辈努力，潜心学术，我们的文学艺术事业必将有更大的发展。

1986年7月，北京

十六　再版后记

人到暮年，重读这些小品文，依然似青年时血气旺盛。我曾负笈海外，学习一种“死”文字、“死”文学。1934年归来，四年间为职业奔波，很是狼狈。1937年回到故乡，在一个学园里觅得两点钟书教，计件工资只有三十二元。后来被雇为专任教师，发薪后不立即把“法币”“金圆券”换成七钱二分重的“龙洋”“袁大头”，就得喝西北风。贫病交加，只靠写些小文章以救燃眉之急。这种劳什子在当日乃是“无价”之物，有时候还要倒赔。1936年我和朱光潜、谢文炳、何其芳、卞之琳等人各出资十元，在成都创办《工作》半月刊，由之琳编辑。这个集子中讲述古希腊人抗击波斯军的史话等篇，便是在这个刊物上做补白之用的。当时戴望舒在香港编《星岛日报》文艺副刊，我便一稿两投，获得救济。

当然，我在重读的时候，同时也感到喜悦，那古代的光华、那明丽的风光、希腊人的好客情谊，时萦脑际。据古希腊悲剧诗人欧里庇得斯说，甚至痛苦的回忆也往往是甜蜜的。

这本小书曾于1943年由中国文化服务社重庆分社编入《青年文库》丛书，印数不多。当时的出版界和我的境况差不多，能把书印出来已是幸事，不能对它抱有奢望。此后数年，个人的命运依然如故。直到解放后，我的生活才安定下来，真是感激涕零。“文穷而后工”，是诡辩派的逻辑，全然不可信。鼓励我写这种小文章的，是20年代诗人朱湘，他的遭遇是：文穷而后拙，而后腹内空空，而后望月投江。

《希腊精神》原是一篇见面礼演讲，我曾在四川乐山一个学园里信口开河，出语诙谐，赢得满堂欢笑。后来写成文字，平淡无奇，只有“他们夜夜有月光”一语，依然滑稽可笑。

《焦大》一文起过两次稿。第一次是申辩辞，剖白本人并非侵吞英镑肥己的人，全文作废。这次重读此文，泪下涟涟，恨当日信息不灵，使我无缘和这位落难的同胞再见一面。听说这个故事曾吸引不少读者。

欧里庇得斯悲剧《特洛亚妇女·引言》，是这次收入的。此文曾有人谬奖，认为读起来有味。至于观点，则不大正确。请参看《欧里庇得斯悲剧二种》（包括《美狄亚》和《特洛亚妇女》，人民文学出版社出版，1962年）的“译本序”。当年出版这部悲剧，是想借古希腊诗人对国破家亡的特洛亚人寄予的同情来激励我们的抗战精神。贵阳吃紧时，这一两千本书在两个月内即已售完。我手中的孤本于动乱年代中上交“审查”后遗失，感谢商务印书馆为我复制这篇引言。

萧乾同志曾在他的《海外行踪》第290页上写道：“中国报纸有两个特色是外国报纸所没有的。……第二点就是特写。我没有考据过中国报纸登特写是从什么时候开始的，就是用文艺的手笔，集中的写一个人或一件事情。……特写在外国不是一种文体，而对我们来说，却是一种很重要的文体。”这个问题，我也没有考证过，但我知道一点情况。1927年，我写过一篇小品文，题目为《芙蓉城》，是青年时期的习作，投北平《雨丝》杂志，未蒙采用，同年在清华校刊上发表。1934年，我托孙大雨介绍给林语堂，这位主编回信说，文字“秀气”，也许是称赞抄稿人写得一手好字吧。他为这篇随笔取名为“特写”，把它登在他主编的杂志《人间世》1934年11月20日第十六期上。后来这篇小品文多次被转载，一些报刊也大写其“特写”。有一家出版社还出过一本“特写集”，其中第一篇便是拙文。抗战后期，我在重庆西南图书供应社出版了一本散文集，取名《芙蓉城》，也收入了此文。听说中国社会科学院文学研究所编有《中国现代散文选：1918—1949》，其中第五卷（即将由人民文学出版社出版）选有《芙蓉城》一文。我只有两篇小品文勉强算得上“特写”，其他一篇便是《雅典之夜》。

只说到这里，其他一切尽在不言中，免得牢骚太甚。

罗念生

1983年4月，北京

附记：《重游希腊》一文是1986年写的，作为对比附在后面。

十七　希腊游历漫记

1933年夏天至1934年夏天，我在雅典城美国古典学院念书，对希腊的风土人情非常喜爱，曾为文记述，收入《希腊漫话》，那明丽的风光只能在梦中寻觅。直到1986年，我的大儿锦鳞在中央戏剧学院导演我翻译的古希腊索福克勒斯的悲剧《俄狄浦斯王》，引起希腊德尔菲欧洲文化中心的注意，这台戏应邀于是年6月带到希腊上演。我当时作为中国戏剧家协会的代表，与学院的廖可兑教授和张全全老师参加中心举办的第二届国际戏剧节。旅游记事，见于附在《希腊漫话》中的“重游希腊”一文，这里不赘。

今年（指1988年——编者注）锦鳞在哈尔滨话剧院导演我翻译的索福克勒斯的悲剧《安提戈涅》，这台戏也应中心邀请带到德尔菲和雅典上演。我接受中心邀请，于6月22日偕锦鳞与大儿媳赵淑宝乘飞机出发，当天到达雅典，住在市中心厄斯佩里亚王宫旅馆，这所豪华“宫殿”坐落在竞赛场大街中部。大街东头是和谐广场，当晚我们散步到那里，只见灯火辉煌，车如游龙，广场上空无行人。回想起半个多世纪以前，那里有九根灯光柱，每一根供奉一位文艺女神，有女孩牵驴售玫瑰，人人争购，生活无限悠闲。

24日中午，希腊文学专家弗提亚拉斯老教授请吃地道的希腊菜，味道浓厚，香酥可口，名产剑鱼特别鲜美，价格不及王宫旅馆之半。老教授曾于去年冬天到北京观光，他的高足兹西施夫人任希腊驻华大使馆文化官员，曾在国际大厦设宴为老教授和他的夫人洗尘，我和锦鳞作陪，饭后至屋顶听音乐，畅叙中希文化交流，谈笑风生，甚是欢乐。这次在雅典重逢，我们的兴致很高。老教授对我获得希腊科学院赠予的文学艺术最高奖感到高兴，认为这是对一个人在古希腊文学研究中所做出的成就给予的承认。

晚上有一位白手兴家，聚资百万金元的莫先生来接我们三人到城北北京大饭店吃饭，尝尽海味佳肴。莫先生谈论他的抱负与苦闷，主要是缺少文化生活。他有心摄制电视剧，向欧洲的华裔人士介绍我国的文学艺术。他想把两个女儿送回祖国学习文化。莫夫人毕业于香港大学，很有才干，经营城南北京大饭店。

25日下午我们去访问索菲亚，进门一看，大为惊异，室内没有床和桌椅，只有垫子和小茶几，洗手间水力不足，一切是这样俭朴，使我想起古希腊犬儒第欧根尼的苦行生活，他看见农民用手捧水来喝，自己连饮水的碗都舍弃了。索菲亚是个著名的演员，我曾在德尔菲看见她扮演古希腊欧里庇得斯的悲剧《酒神的伴侣》中的老母亲，用姿态表现疯狂的心理。她曾在今年春天到北京观光，对道教的白云观庙宇和其他的宗教建筑很感兴趣。她吃素食，自奉甚薄，没有固定收入。她本想赴西安参观，我曾劝她不要去，因为费用甚高。一个演员，身无"十万贯"，却花大笔旅费到远方观光，可谓雅趣。索菲亚参加"六人剧团"，剧团的全称是"忒俄多罗斯·泽佐鲁洛斯演出队"。泽佐鲁洛斯先生是《酒神的伴侣》的导演，前年他在德尔菲担任艺术指导，我们在希腊的一切活动都由他安排。六人剧团正在排戏，即将赴西德、西班牙等国演出。据说雅典的话剧团有几十个，小的只有几个演员，演古悲剧是足够的，因为剧中人物只有几个人，在古代演员限于三人。

26日，我同淑宝参观国家博物馆。满街出租车，好容易叫到一辆，淑宝把千元的希腊币两张（每张合七美元）当作百元的使用，付出了十二倍的车资，不胜懊悔。我安慰她说，出门总是有事，不要介怀。我们到博物馆，参观青铜雕刻，大神宙斯掷雷，特洛亚王子帕里斯将金苹果送给美丽的女神，以及无数的精美浮雕、土瓶人物画，很快我们便把刚才的不快忘记了。

傍晚泽佐鲁洛斯邀请我们到一家希腊式小吃店品尝各种素菜，有苋菜、辣椒、茄子、西葫芦，别有风味，客人桌前添一大块羊腿。饮的是带树脂味的葡萄酒，大桶的陈酒就摆在餐桌旁边，芳香四溢。这时候美景还在天上，朵朵紫云霞组成一顶花冠，戴在雅典城上空，这是雅典特有的景观。古时候希腊最著名的颂歌诗人品达在一篇酒神颂中将“紫云冠”一词赠给雅典人，获得十万希腊币，相当于一万三千人一日的收入。自古至今，雅典人总是以这顶荣冠自豪。

午夜时分，我们到花园咖啡馆听音乐和民歌，令人陶醉。希腊人爱好的就是这种艺术享受。前几年希腊人曾在北京演唱这种优雅动听的民歌，受到欢迎。但在剧场里欣赏，远不及与自然风景相配合的演奏。希腊人最重视音乐教育，柏拉图和亚里士多德曾在他们的哲学著作中论述音乐对性格的陶冶。

27日偕淑宝游国家公园，园中花木繁茂，曲径通幽，几番绕行，仍在原地徘徊，不得不向游人打听出口。园中有许多著名人物的雕像，特别是为参加希腊解放运动而献身的英国诗人拜伦加冠的白云石雕像最令人敬仰。烈日当空，我们在绿荫下不觉闷热。回忆旧日月圆之夜，我常到这里游玩，园中百鸟齐鸣，有如仙游。

晚上马努里斯请我们到海边吃饭，饱至喉头。马努里斯自备大汽车运客。两年前他曾送中央戏剧学院的剧团到保加利亚，同锦鳞建立深厚友谊。他经常开十几个小时的长途车，很辛苦，晚上在他的别墅休息。从这里可以看出希腊人的辛劳与享受。

28日晚上中心主任伯里克利·涅阿尔胡先生驾车请我们到海边吃饭，谈论古代悲剧。我称赞公元前5世纪伯里克利提倡文学艺术、重建雅典城与卫城上的神庙，现代的伯里克利倡导戏剧、诗歌、音乐、舞蹈，使古今艺术得到发扬光大。

29日早上参观雅典科学院，院士都度假去了，只有守门人，他看见我获得的奖状，便打开会议室，让我参观，里面无限庄严，有古今学人的雕像。院前是古希腊哲学家苏格拉底和亚里士多德的雕像，令人崇敬。

30日傍晚，新华社记者周锡生同志驾车送我们去参观国家迎宾馆。司门人看见奔驰牌汽车，便让我们进去。馆后临海，风景特佳。晚上我们又到周家（新华社记者站）吃西瓜，甚甜美，价格只有王宫旅馆的十分之一。这个家很雅致，我们偷闲，主人则时有紧急电话电传，国际间大事，从这里传往祖国。

7月1日上午参观卫城北边的古市场，原来有许多建筑，有长廊与画廊，是古希腊人的政治、经济、文化中心。苏格拉底曾在市场逢人谈论人生哲理，斯多葛派（画廊派）哲人曾在那里讲学。阿塔罗斯柱廊已由美国古典学院恢复旧观，有石柱成行，非常壮观。

2日上午我们乘车到总统府和总理府前面看卫兵换班，他们身穿彩色民族服装，举大步绕行过街，汽车停驶让路。他们与下班的卫兵相遇时，行举枪礼，然后站在岗位上，屹立不动。两府对面是花园，非常幽静，任人游玩。

晚上中心在普拉卡屋顶花园餐厅款待剧团，台上唱民歌，奏民族音乐，有民间结婚舞、青年舞、胸舞、腰舞、腹舞，既雅致又具民俗。宾主上台跳霹雳舞，旋转如风电，人身倒立用腿舞。这种疯狂舞蹈，即使对身体无伤害，对神经却有震动，使人安静不下来。作为旁观者，我感到头晕。最后到室内餐厅，饮香槟酒，舞台上有通俗音乐家在演唱，随着演唱，突起的来宾走上舞台自由起舞，侍者送来专供舞者摔碎用的石膏制盘子。剧团的演员和各地的来宾与希腊的朋友们尽兴歌舞，摔碎粉制的盘子，狂舞达高潮。我的心情很激动，眼睛潮润，喟叹当初只有古庙孤灯，翻译古希腊悲剧，才有今夕的欢愉。有一位在雅典的台湾学生和一位在雅典开创多种事业的台湾人到餐厅来访，我了解到有不少台湾青年在雅典求学，与当初只有我一个人在雅典求学的情况大不相同。

4日上午参观戏剧博物馆，承馆长为我们详细介绍各种剧照和服装。其中有一个头骨展放在厅中，一位著名演员要求死后把自己的头骨献出来，作为演莎士比亚的悲剧《哈姆雷特》掘坟坑一景之用。从这里可以看出希腊人的戏剧传统和他们对戏剧艺术的重视与爱好。

晚上莫先生在城北宴请剧团，餐馆设有小舞台，台上演唱中国歌曲，店员为我们舞狮子舞，可见他们的思乡之情。

5日上午，中心对我和扮演安提戈涅的演员阎淑琴同志进行录音讯问，就《安提戈涅》这出悲剧提出一些问题，如政治与爱情哪一种更重要。我的回答是，政府重政治，民间重爱情，但爱情在剧中未占重要地位，安提戈涅与她的未婚夫海蒙所重视的是婚姻，不是爱情。新国王克瑞翁重视政治，但是他的禁葬令与埋葬死者的宗教信仰冲突，是错误的，以致酿成悲剧。

10时举行记者招待会，介绍上演各剧的情况。我表示对希腊人民和希腊文化非常爱好，希望这次的访问和演出有助于加强中希文化交流。

下午随剧团乘马努里斯的大汽车赴德尔菲。晚上聚餐，邻座是委内瑞拉剧团，我们见到扮演俄狄浦斯王、伊俄卡斯忒王后、克瑞翁国王等人物的演员，与他们建立了友谊。

晚上床摇动得很舒服，才明白有地震。这地方是地震活动区，没有人理会这件事。

6日晚上看委内瑞拉剧团上演《俄狄浦斯王》，很感动人。集体朗诵很有声色，但表演过于严肃与悲伤。科林斯报信人前来报告国王逝世，迎接俄狄浦斯回国为王，他没有表现出轻松的心情，新国王克瑞翁没有叫俄狄浦斯的两个女儿前来安慰这个因杀父娶母而刺瞎眼睛的国王。

7日下午大会开幕，由涅阿尔胡致十五分钟祝辞。过去没有讲话，这次由我和印度学者发言。我讲古希腊戏剧在中国、悲剧陶冶性情的作用、翻译悲剧的风格问题。

晚上看库恩艺术剧院上演欧里庇得斯的悲剧《酒神的伴侣》，这剧写忒拜城的妇女在山中庆祝酒神节，国王彭透斯否定这种教仪，前去侦察妇女的行动，被他的母亲和妇女们当作狮子杀死了。母亲把儿子的头扛回来，她清醒后才认出是严重的悲剧。艺术剧院的表演非常精彩，没有突出恐怖气氛。这出悲剧是欧里庇得斯的杰作，希腊人时常上演。一般认为这位对神抱怀疑态度的诗人年老时反对维护宗教信仰，我却认为诗人的用心在于暴露酒神的残酷，对宗教依然持批判态度。

我国驻希腊的唱鸿声大使从雅典赶来，参加开幕典礼，观看其他剧团的演出。他因为有要事，无暇看我们的演出，我便把《安提戈涅》的录像送给他。

8日晚上，我们在运动场西头上演《安提戈涅》，剧情如下：忒拜国王俄狄浦斯曾诅咒他的两个儿子会用兵器来瓜分王权，各自得到一块葬身之地。哥哥厄忒俄克勒斯在位一年，不让弟弟波吕涅刻斯接位，波吕涅刻斯便率领外邦军队回国夺权。我们在开场之前，加上弟兄动刀格斗的场面，这是我国传统的武打戏，受到欢迎。新国王克瑞翁颁布命令，厚葬厄忒俄克勒斯，将波吕涅刻斯曝尸于野，不许人埋葬，违者处死。守兵发现尸体被人撒上干沙，象征性地埋葬了。国王怀疑有人收买守兵干这件事，要他们招供这罪行。这个报信的守兵是个可爱的人物，他的动作有些可笑。他对国王说："伤了你的心的是罪犯，伤了你耳的是我。"这个守兵后来押着再次埋葬波吕涅刻斯的安提戈涅上场。我们加上一个场面，由八个女子进场绕行，就把尸体带上场，由安提戈涅举行埋葬仪式。此后是国王审讯甥女，安提戈涅声称：她是遵守天条，尽她对死者必尽的义务。妹妹伊斯墨涅出场来，说她愿意分担罪行，被安提戈涅拒绝了。伊斯墨涅提醒国王，说安提戈涅是他的儿子海蒙的未婚妻，国王还是把安提戈涅处死。海蒙出场来规劝父亲，父子争吵起来。海蒙说，国王再也见不到他的脸面了。安提戈涅同长老们告别，这是最动人的场面。她慨叹她即将被关进石窟，逐渐饿死。先知忒瑞西阿斯警告国王，说众神为曝尸的事发怒，国王将有灾难。国王回心转意，他先去埋葬死者，然后去救安提戈涅，但安提戈涅已自缢而死。海蒙在石窟里看见父亲来了，他企图杀父亲，没有刺中，随即自杀。王后听见报信人的报告，进宫去自杀了。国王不胜悲痛，他看见（我们增加的）九个安提戈涅穿着白衣服向他舞来，他往后躲避，最后孤孤单单进入王宫。

我们的演出收到多次掌声。演出完毕，观众又热烈鼓掌，表示赞赏。

午夜时分，中心为我们举行烛火晚会，宾主兴致很高，频频祝酒，轻歌曼舞，尽情欢乐。涅阿尔胡先生说，演出甚好，有中国艺术特色。他还说，我的讲话很好。

9日开讨论会，我在赴会途中遇见一位年高的女演员，她称赞我们的演出，在我脸上亲了两下，淑宝说有红印，替我揩去。

锦鳞在会上谈他的导演构思，受到欢迎。不少学者对我们的演出给予很高的评价，认为是希中艺术的结晶。

下午西德电视记者约我们到运动场去录像，问我一些问题：为何爱好古希腊悲剧？古希腊悲剧对中国有何影响？到德尔菲有何感想？我的回答大意是：我在北京清华学堂读荷马故事和古希腊悲剧故事，入迷甚深，因此专攻古希腊文学。古希腊悲剧使中国人获得艺术享受，认识人生的意义。半个世纪以前，我曾在雅典负笈求学，时常想旧地重游，现在实现了梦想，大慰生平。

10日晚上看埃斯库罗斯的悲剧《阿伽门农》中特洛亚女俘卡姗德拉进入王宫的折子戏。女俘的疯狂心理表现得很深刻，为远征特洛亚的希腊统帅阿伽门农凯旋时被他的妻子谋杀制造悲剧气氛。第二个折子戏表演索福克勒斯的残剧《追踪》，追寻偷盗日神阿波罗的牛的婴儿赫耳墨斯那一段，为疯狂舞蹈。第三个折子戏表演《酒神的伴侣》中的老王后把她的儿子的头当作狮子头扛着归来，放在地上，鲜血流了一长条，令人不寒而栗。

11日上午开讨论会，有人认为恐怖中也有快感，我百思不得其解。

晚上在剧团驻地卡斯特里旅馆举行告别宴会，吃饺子。到会的有德尔菲市长和涅阿尔胡先生。旅馆主人对中国人有深厚情感。他说这不是他的家，而是中国人的家。他在致辞中说，有我的翻译才有中国人的精彩表演，才有今晚的盛会。市长赠我德尔菲荣誉市民证章和德尔菲著名古雕刻御车人的仿古铜像。涅阿尔胡先生向全体团员赠送仿古艺术品。市长建议哈尔滨与德尔菲结成姊妹城市。涅阿尔胡先生还邀请我国派一位画家参加今年的德尔菲艺术节。我当时激动得流泪，涅阿尔胡先生说，以后随时可再来希腊。

12日剧团从德尔菲往南游览特洛亚战争时代的古城迈锡尼、奥林匹克运动场等地。我家三人和扮演过俄狄浦斯和克瑞翁的徐念福同志返回雅典。午间唱大使为我祝贺八十五岁生日，蛋糕上有草莓，很美观。我叫锦鳞切，大使说照规矩应由我切。我的生日往往忘记，不庆祝。能在雅典过生日，心情很愉快。

14日剧团乘马努里斯的大汽车赴索菲亚。我与淑宝继续留在雅典候机赴莫斯科。

我曾在德尔菲见到女诗人委诺斯，她来雅典旅馆访问，把她的诗集第三册赠给我，并问我早上喝咖啡还是喝茶，我听不懂。

晚上到俄得昂古剧场听波兰歌剧，场面宏伟，演员有两百多人，音乐高雅，女高音特佳。上海歌剧院曾上演《海伦》，海伦是古希腊的美人，因被特洛亚王子帕里斯拐走而引起荷马史诗中的几年战争。这剧的场面也很壮观，演员上百人。我希望能在希腊上演我们的歌剧。

15日傍晚，委诺斯开车来接我和淑宝。她把车开往海边，接来她的好友卡特里娜，这位女士是政论家，据她说，希腊的政治、经济有问题。车横穿半岛，开到波尔托港口，到达别墅。晚餐后，我以为委诺斯会送我们回城，她却说就在这里住两天过周末，我才明白她为什么问我早上喝什么。时已午夜，我请主人与旅馆通电话，说我们今夕在友人家住宿，免得引起误会。次晨起来一看，这地方风景绝佳，花木茂盛，禽鸟争鸣，同索菲亚的生活比起来，有天渊之别。早餐后，我把青年时作的新诗《时间》《眼》《蚕》翻译给她们听，她们很欣赏。卡特里娜喜欢宁静的生活。她说委诺斯是诗人，太重情感，生活节奏过于急速。因我们在等机票，不能久留，委诺斯随即开车把我们送到半路上。

警察罚她开车超速，她说送中国友人进城有急事，因此被放行。午间，中心的科斯塔先生送来飞机票。他曾与旅馆通电话，知道我们在城外过夜，就放心了。

下午6时许，乘中心的汽车赴埃皮扎弗洛斯，距城一百七十公里。车过科林斯，沿西海岸前进，路上净是厄莱亚（橄榄）

林，树叶青翠，果实累累。道路弯曲处，常有悼念遇险的死者的小玻璃屋，里面供一瓶水，等于警告驾车人的公路牌告。

9时到达，看塞浦路斯的希腊人上演欧里庇得斯的悲剧《赫卡柏》，这剧写特洛亚王后赫卡柏向那个杀死她的儿子，侵吞她寄托的财宝的波吕斯托耳报仇，弄瞎他的眼睛。演出很动人。这个剧场的音响效果特别好，剧中的每个字都可以听清楚。据吴雪同志说，他坐剧场的半高处，听得见下面撕纸的声音。

18日早上涅阿尔胡先生来送行。科斯塔先生送我们到飞机场。飞3小时即到莫斯科，锦鳞到机场来接我们与乘汽车、火车到达的剧团朋友们汇合。

19日我们同剧团一起瞻仰列宁墓，参观红场和克里姆林宫。整个城市是个巨大的公园，绿树成荫，生活安静。

21日晚上11时起飞，次日中午到家。除去时差，只飞八小时。我不大明白，为什么绕北路，距离近得多。

8月2日至5日，《安提戈涅》在北京上演四场。曹禺同志看戏后，在台上说，比看英文译本生动得多。他对演出的称赞，使我感到欣慰。

5日开讨论会，出席有吴雪、刘厚生、李超、丁扬忠、赵健等同志。他们认为，这是希腊传统演法，加上我们自己的艺术手法。序幕加得好，使观众理解人物心理活动。舞蹈与剧情调和。舞台美术有创新，化装有希腊味。演出达到相当高的水平。古希腊悲剧很单纯，令人思索。主要人物的塑造，相当完整。《安提戈涅》更有现代意义。缺点是台词吐字不够清晰，口语化不及《俄狄浦斯王》有咏叹调。

1988年9月13日，北京

附记：1988年11月初我再次赴雅典，到达时即因小肠缠结开刀，随即在盘特俄斯大学领得名誉博士学位。12月初回到北京，曾两次住医院，前后八个月。日前才知道我患前列腺癌。我的日子不多了，希望能继续用新诗体译出荷马史诗《伊利亚特》的下半部分。

1990年3月9日（原载上海《文汇报》）

下编　希腊闲话

一　谈希腊教育

一个希腊孩子可以在“闺中”住上七年之久，他可以玩弄皮球、铁圈、小滑车、小马车，他会架房子、挖木船，或许还会用石榴壳来做蛤蟆。他的父亲是一个“慈父”，他或许会像阿里斯托法涅斯（Aristophanes）的《云》里的老头儿那样，把他首次做法官所得来的两角钱为他的爱儿在节日里买一辆面粉制的小玩车。那孩子还有许多心爱的小动物，如小狗、乌龟、鸭子和别的家禽。希腊人对于雕塑一道有绝大的本能，他们从小就会用黏土或黄腊来塑造各样的形体。

柏拉图说过“小孩子是最顽皮不过的动物”，所以一到了八岁的年龄就得要好好管束他。这时候他从深闺里出来，落到一位“奴隶看管人”的手中：他的一切举动都要受监视，进进出出，赴校回家都由那位奴隶看管。这看管人并不是一位教师，他原是一位已经不能做事的老奴隶，只因人品很高，且有相当的学识，才受了主人的付托。这种人物我们在戏剧里和瓶画上见得很多，他长着满脸的胡须，披着长袍，手里还携一根长拐棍。

那孩子上学时，他总是跟在后面，替他携带书卷、乐器和写字板，不让他同路人谈话，不让他东张西望。那孩子在家时，他得留心他的礼貌习惯，看他是否用左手拿面包，用右手取食物；看他在尊长面前是不是一个哑巴，看他知不知道起立致敬；还不许他跷着腿，不许他用手来支着脸。如果他犯了这些规矩，那老年人可以责骂他，可以用拐杖打他。希腊人把这些事情看得十分重要。据柏拉图说，他们重视儿童的礼貌和举动远胜于他们重视学校里的教育。好的看管人不容易找，只有上等人家才能得到这种良好的家庭教育。实际上有许多野孩子没有人看管，在街头上玩耍、拔河、追逐、猜单双、做瞎子。他们会系着蜣螂的脚腿让它高飞，或是做一些淘气的事情。

那时代没有官立学校，没有寄宿舍。所有的学校都是很小的，至多也不过只有一二百学生。学生的多寡可以决定先生的名望。记得有一个音乐学校里只有两个学生，人家问那位教师他学校里有多少人物，他回答说有十二个，因为除了那两位学生外，他还陈列着九尊文艺女神和一尊日神的像，日神原是音乐之神。

雅典的教育并不是由国家管理的，法律上并没有规定什么强迫教育。国家盼望每个儿童都能受教育，舆论也是这样鼓吹。法律上只规定了一条明文，凡是小时候没有受过教育的公民没有奉养双亲的义务。但希腊人并不是为了这种规定才肯注重教育，另外有一种超越的理想使他们这样去做。

学校里的课程有背书、写字、诵诗、唱歌、奏乐、体育、算术和绘画。此外还有游泳。希腊没有职业教育，他们不为谋生而求学，乃是为自身的修养，好成为一个完好的公民。希腊教育的目的原是为锻炼身心、感化性情。

那些小学生先学alpha，beta，gamma，先生扶着他们的手学写字。起初用铁笔写在蜡板上，后来学好了再用芦笔写在埃及纸草片上。那时候不用桌子，只是端着蜡板或是放在膝头上书写。那些小学生并不敬爱他们的先生，因为那无情的棍子和皮鞭时常在他们身上滚动。所以每晨太阳出来时，他们都不乐意前去上学。到了月底，他们的家长才去缴纳学费。有时候为敬奉文艺之神或是为敬奉那位善于辞令的神使（Hermes），他们大开庆祝，每一个学生都得送一点礼物到学校里去。他们也有许多例假，特别是在春季里。那些贫穷的家长每遇到这种节日便说他们的孩子病了，不能上学，省得花钱送礼物。实际上他们的孩子在那个日子里成天在街头上游玩，许还会逢见他们的先生呢。

那些孩子这时候学会了写读便开始诵诗，特别是诵荷马的诗，他们背得一大半。他们对着先生站着，一边背诵，一边做出各种的姿势。这史诗里净是一些英雄事迹，可以鼓励他们向上进取。

到十三岁开始受音乐教育，除唱歌外，还要学弹琴（Lyre）。至于吹笛和吹号只有专门的人才去学习。这两种乐器会把脸貌弄得怪模怪样的，而且是专为祭祀和宴会用的，所以普通的学生都不去学习。他们学琴的时候还可以背诵“琴诗”（Lyric），也就是“情诗”。他们学习音乐的目的，并不是想在交际场中做得很风雅，乃是为陶养性情。

这时候他们且在“角力学校”里开始受体育（教育），在专门教师的指导下学习角力、赛跑和跳跃。差不多所有的学生都会跳舞和游泳，他们在“角力学校”里挨打的机会更多了。

到了十六岁的时候，他们的教育便算完成了。那些穷人家里的孩子便开始做工去了。那些有钱的子弟却有机会再读两年“普通文科”，同时还要受严格的体育训练。这“普通文科”包括自然科学、哲学、诡辩术等等。那些传授诡辩术的教师收取很高的学费，有的竟收取千元以上的学金。可是也有些穷苦的学生，晚上在磨坊里做工，白天把所得的工资拿去听哲学讲演。他们用过这两年的苦功，便成了一个完善的人（Kalos

Kagathos，a fine and good man）。

到了十八岁那年，他们取得了公民资格，再去受军事训练。在雅典这一批同年的青年大概有一千个。他们一同上神殿里去宣誓，不得抛弃他们的武器，不得在战场上抛弃他们的弟兄，并且要遵守法律，服从命令，还要敬仰他们的天神。于是他们穿上制服，变成了学兵。他们去到派利阿斯（Peiraeus）码头上去受极严格的道德管束，去学习武艺。他们每天有两三角钱的军粮。他们学好后，便回到雅典，在酒神剧场里表演，每人领得了一个盾牌和一支矛子。于是一同到边境上去担任防守的责任，还要学摆阵势、掘战壕，练习一切攻守的方法。

过了一些时候，他们仍旧回到雅典去努力他们自己的事业，大多数是回家去耕田种地。到这时他们已经成为了一个很有用的公民，一个很有知识的人。

译者附记：这是从塔刻（T. G. Tucker）的《古雅典的生活》（*Life in Ancient Athens*）第九章里节译出来的。有些小地方是译者补充的。

1937年1月5日一个纪念日

（载《宇宙风》第411卷，1937年）

二　古希腊雕刻

概论

（一）时期

古希腊雕刻分四个时期：

（1）早期，又称“古拙期”，从公元前700年到公元前480年。

（2）公元前5世纪，通常所说的公元前5世纪是从公元前480年到公元前400年。

（3）公元前4世纪，通常所说的公元前4世纪是从公元前400年到公元前320年。

（4）晚期，即希腊化时期，从公元前320年到公元前100年。

（二）人体

（1）站立体：早期的姿势差不多全是正面体，平顺得像一条木杆，只是肩部稍宽，腰部稍细，与埃及姿势相似。这种形体的长处完全在简单和装饰趣味上。等到人体结构弄明白以后，早期的长处便消失了。

公元前5世纪的形体要宽大一些，比例也很合度，躯干的姿势有进步。到这时匀称的站立体已全然抛弃，全身的重量往往压在一边。身子圆得多，自然得多，不再是四方形的了。眼、肩与大腿关节不再是平的了。技术成熟后，形体不但不趋向写实，反而趋向灵空和普遍化。它们的模样虽然很自然，但它们的理想化使它们远离了真实体，这是因为雕刻家只摄取了物体的主要部分和普遍性质。

公元前4世纪的形体很柔和，轮廓很曲折，身体上的平面也多一些，所以比较接近自然。从光影的配合里显出肉面，有时连皮肤都可以看出来。这时期依然保存着公元前5世纪的镇静，而且更温柔。这时期的女像很多，大半是裸体的，全身曲线的柔和显出肉体的秀丽。

晚期的站立体更是柔和，简直近于娇弱，但富于戏剧趣味。

（2）坐体：早期的坐体很僵硬，而且都是正面的。公元前5世纪的比较自由，好像能够离开坐处站起来。公元前4世纪以后的坐体更是自由了。

（3）飞行体与跑动体：这两种姿势在早期不能表现真实的动作，只能暗示一种动作，上下两部分往往不能配合。以后才逐渐改进。

（三）头部

（1）头部的形体：在希腊雕刻里，头部并不较其他部分更为重要。在早期，嘴唇向内弯曲，但也稍稍向上弯曲，两边嘴角上现出小窝。这种嘴唇富于装饰意趣，而且能表现体积。嘴唇与眼皮的曲线同样可爱。到了公元前6世纪后半叶，眼圈才比较深入一些，连泪管也表现出来了。嘴唇的两端是尖的。头发上的带子很能产生装饰的效果。

公元前5世纪的雕刻家对于眼珠的形状和位置已有相当的了解。头发形成了结子，不再披在后面了。到了这世纪中叶，可以说全然没有毛病，但还可以感觉到体积的重要。到了末叶，头部便没有尖锐的轮廓，比较圆一些。

公元前4世纪的眼圈更往下陷。眼皮更显著，嘴唇也更圆满，头发只起印象作用，一卷一卷的很凌乱，刻得也比较深：综合来看很像，分析来看却不十分像。

晚期的头部雕刻得未免过火，各平面呈分裂状态。虽然比较自然，但体积的感觉全然消失了。

（2）面部表情：早期的表情全然不正确。我们所称道的“古拙的微笑”乃是偶然出现的。

公元前5世纪上半叶已经能表现各种情感，譬如用皱纹来表现衰老。那著名的鲁多维西浮雕有一种欣喜的表情，那是由嘴部向上的弯曲和上眼皮强烈的曲线传达出来的。后半叶不十分表现情感，只由闭着眼睛表示痛苦，皱着额头表示忧愁。当时的雕刻用姿势来表情，不用面部来表情，正如现代的希腊人，不高兴时便耸耸肩头。那“忧伤的雅典娜”把头靠在矛上，便是好例。

公元前4世纪虽然有强烈的表情，例如斯科帕斯派的作品，但仍然不失镇静的功夫。

晚期造像很发达，由固定的模范转化为个别的形象，越来越过火，好在还有一点理想化，不像罗马造像那样逼真。希腊造像，正如公元前5世纪的雕刻，不仅由面部表情，而且由全身的姿势来表现个人的性格。

（四）衣饰

早期的衣饰完全作为装饰，没有独立性。到公元前6世纪末叶，衣服与身体才能分开。

公元前5世纪上半叶，衣饰逐渐变得自然一些，但还保留着装饰意趣，而且能从简单中产生变化，例如“战车御者”的衣褶中间还有许多细褶。下半叶的更是自然，装饰意趣更少了。衣饰的线条增多，而且由光影的配合产生出一种节奏，把混乱的自然变成了艺术的组合。末叶的衣饰很透明，但仍可与身体分开。

公元前4世纪的衣饰更是柔和，后来变成了极端自然，全然没有装饰意趣，甚至把身体遮掩起来，使成为一个石堆。

晚期开始时有公元前5世纪的透明与公元前4世纪的笨重，后来变成了凌乱，衣褶又多又厚。公元前2世纪更产生出一种透明，可由上层衣服看出下层衣服，但大体看来是混乱的。造像的衣饰有一个普遍的图样，身体的形状与衣服的质料都能显现出来。有时衣饰与自然很调和，例如索福克勒斯的造像。

（五）组合

（1）三角墙（pediment）：科孚岛上女猎神阿耳忒弥斯庙

上的三角墙完全被女妖戈耳工占据了，两端的人物小到不成比例，而且不连贯。

大概动物比人体更适于装饰三角墙。水蛇许德拉三角墙两端刻着螃蟹，自然很合体。长着蛇尾的巨灵堤丰三角墙，中间三个人头，尾端三条蛇尾卷在一起，也就很简单地解决了这种组合上的困难。

那首次成功的要推埃吉纳三角墙，全体的动作是连贯的，雅典娜居中，稍大。奥林匹亚庙的三角墙最紧凑，很能显出节奏的美。最成功的自然是雅典娜处女庙（Parthenon）上的三角墙，东边是雅典娜的出生，两端有象征日出与月落的马头，栩栩如生。

（2）"三线糟"（triglyph）之间的"方形墙面"（metope）：这是方形的浮雕。早期的人物不连贯。德尔菲的雅典宝库的方形墙面首先有斜线和横线。奥林匹亚庙的方形墙面很和谐，强烈与温和相间。雅典娜处女庙上面的方形墙面富于变化，那上面线条的美丽使我们忘记了那剧烈的动作。

（3）壁缘（frieze，沿墙顶的饰带）：阿索斯庙的壁缘，分离杂乱。最和谐自然又要数雅典娜处女庙上的壁缘。晚期的毛索罗斯陵墓（Mausoleum）的壁缘很空阔，成为波浪形状。拍加马祭坛上的壁缘浮雕很高，阴影很强，能产生出一种骚动的印象。

（4）墓碑：早期的墓碑高而窄，只刻着一个人物。公元前5世纪后半叶的墓碑加宽了一些，增添了人物与空白。公元前4世纪的墓碑上的人物很拥挤，空白较少，人物刻得深一些，但这种强烈的阴影只是为了好看，对于雕刻本身没有什么功效。古希腊的墓碑一般表现死者生前的愉快生活，完全没有悲哀的情调。

（六）技术

希腊雕刻是由外向内雕刻的，近代雕刻先用黏土由内向外塑成，再换成他种材料。所以希腊浮雕外面成一平面，近代浮雕里面成一平面。早期的雕刻家只观察自然，后来也有人使用模型。看不见的背部往往没有雕完或没有磨光。我们不能因为奥林匹亚的神使赫耳墨斯像的背部很粗，便断定那不是普剌克西忒勒斯的真品。

浮雕很难，既要从一个平面上生出体积，又要表现出好几重平面，既要按照透视法缩雕，又要明了各平面的位置。埃及人和亚述人早已制造过浮雕，但他们不懂透视法，而且只有前后两个平面，所以只是些半面像。希腊雕刻家善于利用光影的配合以显出整体。

（七）颜色

颜色是文艺复兴时期才废弃的。在古希腊时代，原是为了配合建筑才加上颜色，并不是模仿自然，有时牛马的毛会涂成蓝色的。古拙期的颜色很鲜明。在希腊的强烈阳光下，颜色的作用很大：乳白的大理石反光既眩目，又太微弱，所以要上颜色。

雕刻家与作品

（一）古希腊的艺术精神

古希腊人讲求比例、对称，讲求一件艺术品整体的组合。他们了解一个理想的空间，那么狭小，又那么结实。他们对于外形有一种敏锐的感觉，所以雕刻才这样发达。

在希腊艺术里，传统方法、观察与选择三者是并用的。现代的艺术精神否认固定的类型与公认的法则，希腊人却采纳前人的传统方法，尤其是小亚细亚民族的、埃及人的和迈锡尼人的。早期的作品大半是模仿别人的，雕刻得很单调。他们后来逐渐向大自然学习，但他们并不是临摹自然，而是在观察以后，自行创造。

（二）早期的作品

古拙期的雕刻墨守固定的类型，很少有个性。从鼻梁与胸骨画一道线，可以把人体分成全然相同的两半。

有一种固定的形体，通常叫作“日神像”，到底每一座像代表什么神，我们还弄不清楚。这很像埃及形体，两手直垂，左脚稍稍伸出，全然裸体。由这一点，有人推断，原来是代表运动员的。这种精神不让人作假，用衣饰来遮掩自然的真实。那最好的“日神像”要推忒涅亚的阿波罗日神像，现存慕尼黑，也许是公元前6世纪末叶的雅典作品，这像各部分的细节，尤其是膝盖骨，都刻得很仔细。唇角向上，增加了面部的表情。后来的运动员像和裸体神像，全都是从这种形体变出来的。印度佛像就是承受了这种影响，我们又承受了印度影响，所以我们是间接承受了希腊影响。

这早期有两种不同的精神，即大陆派（伯罗奔尼撒派）的劲挺规矩和大海派（伊奥尼亚派）的柔和精致，这两派精神联合起来，便产生出浮动、新鲜和装饰意趣。

雅典卫城上发现了一群女神像，头发和衣饰很精致，只面部表情有些过火，这显然是受了大海派的影响。同时又可以看出一种简单庄严的风格，这是大陆派固有的精神。

那首先把大海派的秀丽和大陆派的正确结合起来的，要推克尼狄亚宝库的壁缘。

早期的最受人称赞的三角墙，要数埃吉纳岛上的阿淮亚庙上的三角墙（现存慕尼黑），很准确有力，人物比真实体小一点，但很结实，肌肉很明显，姿势也有变化，只是面部表情很呆板，还带着“古拙的微笑”。

鲁多维西宝库是很闻名的，现存罗马。那刚出生的美神阿佛洛狄忒显出一种升腾的神情，枝节雕刻得很精细。这到底是古拙的作品，因为人物的比例太像男人的比例，乳部偏在两旁，衣褶与四肢不和谐，有的地方完全掩盖着肢体，有的地方又不合衣服的质料。

（三）公元前 5 世纪

公元前5世纪的雕刻由古拙期的僵硬过渡到秀丽，产生了崇高单纯的理想，这理想不让雕刻家过分表现他们的匠心。雅典娜胜利女神像算是例外。

格里提俄斯和涅西俄忒斯制造的杀僭主的两志士的雕像，肌肉很正确，动作虽然活泼，姿势却仍然呆板，比例大方，很能表现英雄的体魄。

在铜刻里，德尔菲的战车御者像和雅典国家博物馆的海神像算是最好的。御者很单纯规矩，那棕红色的眼膜和黑色的瞳仁简直逼真。

迈戎

迈戎是这世纪前半期的人，他的作品很富于独创精神，非常雄健，技术也完善无疵，只是肌肉枯燥无味。他的掷铁饼者姿势柔和而有力，形体上全然没有毛病。他挑选那最好的动作，运动员正要掷出铁饼时的动作，他的头偏向右手的方向，看起来很生动。迈戎是第一个能够控制动作的人，他的细节也刻得很仔细，那左脚趾的弯曲便是最细心的观察。可惜面部缺少紧张的表情，头发也不完美，但要知道，我们看见的全是仿制品。迈戎又是雕兽大师，他的猫很像真实的，据说还欺骗过真猫。

菲迪亚斯

人人都称赞菲迪亚斯为希腊最杰出的雕刻家，他的风格崇高、单纯。他的雅典娜女战神像和宙斯像我们看不见了，雅典娜处女神庙上面的雕刻也说不准哪些部分是他亲手制造的。关于那两座天神像，我们不必看仿制的模型，尽可凭游记家泡萨尼阿斯的描写来想象。好在有一个厄利斯钱币，上面印着模仿菲迪亚斯雕刻的宙斯头像，从那上面，我们可以感觉到荷马所说的：“宙斯动眉头，惹得天山震动。”

对于这样一位雕刻大师，我们除了空洞的恭维以外，没有什么实在的话可说。

波吕克利托斯

波吕克利托斯是这世纪后半叶的铜刻家。他在姿势上没有什么特别贡献，但他采取的身材和比例却很精致，头部约占全身七分之一。他并没有把比例弄得很机械，因为他善于观察自然，观察到最细微的地方。他的表面雕刻得很完美。他没有崇高的理想或心理的描写。他的形体多半是粗壮的。他曾和菲迪亚斯几人比赛雕刻阿玛宗女人，他却占了先。柏林存有一个阿玛宗像，大体很像执矛者，但女像肋下的伤痕不应存在，因为手向上伸，伤痛会加剧的，波吕克利托斯的本意也许只是表现一种美丽的女战士，并没有注意到心理上的趣味；只有眼和嘴带一点苦痛的神情。当时的人把他捧到和菲迪亚斯一样高，也许是因为他的技术炉火纯青，大理石的仿制品却完全失去了他的铜刻的特点。

雅典娜处女神庙上的雕刻

那庙上的方形墙面有好有坏：有的女像还存留着古拙期的僵硬，技术并不高；有的显露角力雕刻派的匠心，姿态很庄严，肌肉稍嫌过火；有的却很雄劲生动，技巧也很自由。

那庙上的壁缘表现雅典的宗教仪式，很秀丽高贵。

两边的三角墙完全没有古拙期的僵硬，没有衣褶上的困难。那三位命运女神的衣褶很自然细腻，没有过火与勉强的毛病。那马鼻尖颤动的肌肉很像是真实的。

这些雕刻的作者自然不会是菲迪亚斯，因为他当时忙不过来；甚至这些雕刻的模型也难说是他制造的。

胜利女神像

雅典卫城上雅典娜胜利女神庙旁边的栏杆上刻着许多胜利女神像，当中有一个女神用手摸脚或解鞋带，她不是在束带，因为即使是女神，也不能一只手把带子束好。这像制作精致，衣饰透明，这衣饰是用来表现肌肉的。这浮雕虽然十分悦目，但缺少单纯的风格。这位雕刻家是在卖弄技巧，不是在表现形体美。这也许是公元前5世纪末年的作品，不一定与那小庙的年代同时。

女人柱像

卫城上厄瑞克透斯庙上有六根女人柱像，其中一根被人弄到英国去了。这是作为建筑用的，全然不僵硬。有一个膝头稍微弯曲，显示着生命，而且能增加稳重感，正如石柱之稍微向内倾斜。衣褶有如石柱上的线槽，很大方自然。面部表情很静穆。从古到今时常有人模仿，总做不出这样巧妙与秀丽。

（四）公元前 4 世纪

公元前4世纪的雕刻家个性很强，一味表现他们的技巧，失去了先前的崇高与单纯，因此预兆了希腊雕刻的衰落。但在造像方面却大有进步。他们为那些年轻一点的神创造出更固定的容貌。这世纪最能表现情感，这种表现到后来变成了出奇与炫耀。

普刺克西忒勒斯

普刺克西忒勒斯是当时最著名的大理石雕刻家。他的作品很柔和绮丽，他雕刻的形体最能产生感官上的美感，线条柔和简洁。他的每一座雕刻都有它特具的妩媚，他的作品更能代表希腊，可以比作索福克勒斯的戏剧，这和埃斯库罗斯的崇高与欧里庇得斯的动情自又不同。他的赫耳墨斯神使像，是他遗留下来的整体雕刻。

这原像和仿制品相比，简直有天渊之别。这个神使禀赋着凡人的性格，他正在梦想，凝望着远处。全身很柔和，比起波吕克利托斯雕刻的身段要细一些，那富于节奏的曲线，很像是由波吕克利托斯的线条变来的。线既然弯曲，重心会偏在一边，不得不用一根柱子来支持。柱上挂着的衣服的褶痕很自然，平面上还有微凹的阴影，仿制品没有这样精细。有一位德国学者初次看见这石像的照片，嚷道："他们照相时，怎么不把柱上挂着的衣服拿开？"神使额宽脸尖，显示着智慧。他的头发和以前的雕刻大不相同，短而厚，一丛一丛地突出来，仿佛一看倒像真实的，这是印象的方法。神使手上抱着的婴儿时的酒神却太成熟了，也许是艺术家有意这样雕刻的，以为他制造的是天神，不是凡人。这雕像虽然完美，但还不是作者最好的作品。有人凭这像把作者比作文艺复兴时期意大利画家拉斐尔。据说普剌克西忒勒斯的情人佛律涅想叫他说出他自己认为最好的作品，因此向他撒谎，说他的工作室着火了。他听了便嚷道，倘若他的萨堤洛斯羊人像和小爱神像也烧毁了，他就前功尽弃了。那女人因此挑选了小爱神像。这小爱神是一个美少年，在那里发痴。这像也是很柔和的。至于那种顽皮的童子小爱神，乃是古希腊晚期和文艺复兴时期的想象。但普刺克西忒勒斯最好的作品还是美神像。这要数罗马梵蒂冈博物馆保存的最好，比别的仿制品更秀丽。这像的曲线富于节奏，和神使像相似。这像右边的衣饰也是用来支持重量的。不知女神是正待入浴，还是正待穿衣。她自觉她很美丽，可没有娇羞之态。神使像的梦想在这里化作了温柔，由细长的眼睛传达出来。根据这像仿制的卡庇托莱维纳斯像（Capitoline Venus）和梅迪奇维纳斯像（Venus de Medice），简直是妖娆的凡女。

斯科帕斯

通常认为斯科帕斯的作品是很动情的，例如那四个忒革亚（Tegea）头像，以致有一些原来是他的作品，因为不很动情，反而被否认了，例如兰斯多恩（Lansdowne）赫刺克勒斯像，那很粗，看来类似吕西波斯的作品。莫根（Charles Morgen）教授曾对笔者说，他只把通常认为是斯科帕斯的作品当作斯科帕斯的，斯科帕斯只雕刻了一些与吕西波斯的作品相类似的雕刻。忒革亚头像的眼睛很大很深，眉势又重，双眼向上凝望，表现出很动情的样子。

吕西波斯

吕西波斯是过渡期间的铜刻家，他是西库翁派的首领，为波吕克利托斯的承继者。他把比例弄细了一些，把头弄小了一些，这是印象的方法。他雕刻的肌肉少而有力。据说他有一千五百件作品。阿癸阿斯（Agias）像近似他的作品，虽然技术比较粗糙。许多人说那不是他雕刻的，因为那眼睛很深，太像斯科帕斯的作品。他给亚历山大雕刻的肖像，很简单生动，很像阿癸阿斯像和忒革亚头像，外眼角也很深，嘴唇很丰满、敏锐与残忍，但看来反而是宽容的。这像的缺点是颈部不应那样转过去。

（五）晚期

亚历山大死后，希腊艺术中心移到埃及的亚历山大里亚城、小亚细亚的拍家马和以弗所等地去了。晚期的雕刻家继承公元前4世纪的影响，但新的艺术发现了新的方法，抛弃了从前的克制，一味地追求浮华与动情的表现。写实主义在造像里很明显，同时摹拟日常生活的作品也很发达。

巴黎收藏的萨莫色雷斯胜利女神像很活泼强健，那半转的上身很能显示生命与变化。上面的细节是写实的，但概念仍然是理想的。象征主义和戏剧意趣是晚期雕刻的两大特点，这两大特点都可以从这座神像上看出来。

尼俄柏群像好像是很晚的作品，似乎是为花园装饰或为别的点缀使用的。它的组合很合乎晚期的戏剧意趣，至于雕刻的本身却具有普剌克西忒勒斯的秀丽和斯科帕斯的动情。

米罗的维纳斯石像的年代不能说很早。那宽厚的衣褶虽然像公元前5世纪的作品，头部倒像普剌克西忒勒斯的，不能早于公元前4世纪。公元前5世纪的雕刻家会把女神全然遮饰起来，公元前4世纪的雕刻家却喜欢全裸。我们可以由这半裸体假定是公元前5世纪与公元前4世纪之间的作品，但也许是公元前3世纪或更晚的作品。这像上半身裸体的质料和技术都比下半身的好。恭维这女神像的人太多了！这石像现存巴黎，到处都有仿制品。

拍家马雕刻，如将死的高卢人只表现活跃、真实与动情，并不能表现美。

拉奥孔像太受前人称誉了！那左右两边的两个儿子身材太小，两条蛇又没有生气。老人的姿势不自然，面部只显出肉体的痛苦，并不表示恐惧与挣扎。他的右手原来不是伸出来的，而是曲向脑后的。这像缺乏简单与节制的精神，分明是很晚的作品。至于法涅塞牛，比拉奥孔像还要过火。

三 古希腊戏剧的光华

最近，中央戏剧学院导演进修班在校园上演了古希腊悲剧《俄狄浦斯王》，采用希腊的传统方式，加上我们自己的表演手法，古希腊戏剧的光华闪耀在我国的舞台上。

古希腊文学先有史诗，后有抒情诗，前者是宫廷文学，后者是贵族文学。公元前6世纪末叶，雅典奴隶主民主制度建成，民主政治提倡公共生活，人民大众的思想情感要求用集体方式来表达，于是戏剧应运而生。教希腊人写戏的是荷马，因为荷马史诗中有大量戏剧性的对话。戏剧中的合唱歌的形式与风格取自抒情诗中的颂歌。雅典戏剧节于公元前534年首次创办。百余年间，戏剧日臻完善，成就辉煌，在世界文学史上占有崇高的地位。

古希腊戏剧通过神话故事以反映当时的社会现实。剧场成为政治与教育的讲坛，谈论信仰神的问题、战争问题、民主制度、社会关系、家庭问题（不包括恋爱问题），使戏剧具有深刻的思想内容。

古希腊悲剧的特点是：布局简单而完整，人物少而性格鲜明，语言朴质简洁，风格雅致优美，富于抒情意味。古希腊悲剧在半圆形露天剧场演出，观众有一两万人。杀人流血的事件一般在景后发生，剧场上的气氛严肃而宁静。剧中的英雄人物与恶劣环境和残暴势力做顽强的斗争，他们的不幸遭遇令人同情，引人向上。

索福克勒斯（公元前496—前406）是古希腊三大悲剧诗人中的第二人。他提倡民主精神，反对僭主专制，鼓吹英雄主义思想。他把演员的人数由两个增加到三个，削减歌队的地位以加强对话的作用，使悲剧艺术达到完美的境界。一生写了123部剧本，现存7部完整的，其中以《俄狄浦斯王》最为著名。这剧中的忒拜王子俄狄浦斯在出生时遭父母遗弃，被邻国的国王收养为太子。他成人后得知自己会杀父娶母，因此逃往忒拜，在路上杀死一个老年人（即他的生父拉伊俄斯）。当时有一个狮身人面的女妖编了一个谜语给忒拜人猜，所有猜不中的人都被女妖吃了。俄狄浦斯因为道破了谜语而被立为国王，并娶寡后为妻。这剧开场时，忒拜城由于老国王遭凶杀而发生瘟疫，俄狄浦斯为了拯救人民竭力追查杀害老国王的凶手，终于发现自己杀父娶母。他承担责任，刺瞎了眼睛，请求被放逐出境。诗人所强调的是人的自由意志与反抗命运的刚毅精神。他认为俄狄浦斯是个理想的英雄人物，有过失而无罪行。

这剧是典型的古希腊悲剧，以布局见长，曾受到哲学家兼文艺理论家亚里士多德的高度赞扬。全剧的结构是一个有机整体，复杂、严密而又和谐，每一件事都是前一件的自然结果。就技巧而论，很少有剧作可以和这个剧本媲美。

古希腊悲剧对罗马戏剧和后世欧洲戏剧有深远的影响，有一些古希腊剧本，特别是《俄狄浦斯王》，从古代断断续续上演到今天。1979年，希腊国家剧院曾来我国上演埃斯库罗斯的悲剧《普罗米修斯》和欧里庇得斯的悲剧《腓尼基少女》（写俄狄浦斯的两个儿子为争夺王权而自相残杀的故事），演出采用传统的古典方式，严肃、完整、和谐，造型优美，表情真挚，为我们上演古悲剧留下光辉的典范。

这次由我们自己来演出古希腊戏剧作品还是首次，全体演出人员对原作进行了深入的分析和研究，力求把握和体现原剧的精神。整个演出庄严肃穆、古朴简洁，具有雕塑美，语言和情感富于力度，有着强烈的感染力。这种大胆、有益的探索和尝试值得庆贺。

（原载《人民日报》第11版，1986年3月26日）

四　希腊戏剧

希腊戏剧（Greek Drama）　希腊戏剧分古希腊戏剧（公元前6世纪末—前2世纪末）和近代希腊戏剧（16世纪中—20世纪）。

古希腊戏剧　分悲剧、羊人剧、喜剧、摹拟剧。

“悲剧”一词在希腊文里作tragoidia，意思是“山羊之歌”。“悲剧”一词用到古希腊戏剧上，可能引人误解，因为古希腊悲剧着意在“严肃”，而不在“悲”。

悲剧起源于民间歌舞。古希腊农民于收获葡萄时节装扮成牧羊人，举行歌舞，崇拜酒神狄俄尼索斯，这种歌叫作“酒神颂”。表演时，临时编几句诗来回答歌队长提出的问题，讲述酒神在人世的漫游和宣教的故事。泰斯庇斯首先采用第一个演员来表演悲剧。埃斯库罗斯首先增加第二个演员。有了两个演员，才能有正式的对话，才能表现戏剧冲突和人物性格，因此埃斯库罗斯被称为悲剧的创始者。第三个演员是索福克勒斯增加的。

公元前534年雅典城创办“大酒神节”，泰斯庇斯首先在这个节日里把酒神颂化为悲剧。公元前6世纪末，雅典民主政治提倡集体生活，人民大众的思想情感要求用集体方式表达，唯有戏剧才能满足这种要求，因而戏剧得到进一步的发展。

古希腊剧中的人物通常只有六七个人，这些人物由三个演员轮流扮演，女角色由男演员扮演，戴面具，不使用假嗓。演员的动作缓慢而富于节奏，靠姿势和声音来表达情感。

古希腊悲剧的题材多半取自荷马史诗，通过神话和英雄传说反映当时的社会现实。这些悲剧接触到命运观念、宗教信仰、国际与国内战争、政治问题、民主制度、社会关系、家庭问题，并且提出了悲剧诗人对这些问题的看法。

古希腊剧场是露天的。观众席位于斜坡上，形如展开的折扇，能容纳一万多人。观众席前面有一个圆场，歌队和演员在圆场上表演，舞台是公元前4世纪下半叶才兴建的。

古希腊剧场上有自杀而无他杀。杀人流血的事件以及不易表演的场面，一般由传报人传达，不在圆场上表演。

古希腊的戏剧演出始终有歌队。队员一般不戴面具，他们的服装轻飘鲜明，可作为剧景的装饰。歌队跳舞、唱歌，安慰剧中人物，对剧中事件发表感想，向观众解释剧情，代表诗人发表意见。歌队最大的作用是代替幕，歌队唱一支歌，剧中的时间和地点可以发生变化。

泰斯庇斯之后有三个重要的悲剧诗人。第一个是科里洛斯。他于公元前523年左右首次参加比赛，四十年中写了一百六十部剧本。第二个是普拉提那斯。他于公元前500年左右同科里洛斯争夺戏剧奖赏。他写了五十部剧本。第三个是佛律尼科斯，他首先引进女性人物，首先写历史剧。他的《米利都的陷落》写小亚细亚的希腊殖民城邦米利都于公元前494年被波斯国王大琉士攻陷的事，演出曾引起全场观众流泪，诗人因此被罚一千希腊币。

此后雅典产生了三大悲剧诗人。第一个是埃斯库罗斯。他使悲剧具有了深刻的内容和完备的形式。他的悲剧布局比较简单，抒情气氛十分浓厚，人物气魄雄伟，风格庄严崇高，雄浑有力，有些夸张。第二个是索福克勒斯。他使悲剧艺术臻于完善。他的悲剧布局复杂、严密、完整，人物性格鲜明，风格朴质、简洁。第三个是欧里庇得斯。他善于描绘人物的心理，风格比较华丽，语言流畅，接近口语，十分自然。

公元前5世纪还有两个著名的悲剧诗人。第一个是伊翁。他写了四十部剧本，其中有喜剧。第二个是阿伽同（约公元前445—前400？）。他的名声仅次于三大悲剧诗人。阿伽同首先虚构人物和情节，他的歌曲纤细曲折。

公元前4世纪，雅典在内战中失败之后，民主政治衰落了，悲剧也随之衰落。这个世纪比较有成就的悲剧作家是阿斯提达马斯，他写了很多剧本，甚是有名。他的同名的儿子写了二百四十部剧本，公元340年上演了其中的《帕泰诺派奥斯》，大受欢迎，雅典人因此为他立了一座铜像。

从公元前3世纪起，希腊的戏剧中心移到了亚历山大里亚城。雅典的大酒神节举行到公元前120年为止，至此古希腊悲剧的历史便告结束。

羊人剧是一种轻松的笑剧，不是喜剧，一般在三出悲剧上演之后演出，作为一种调剂。

古希腊喜剧也起源于民间歌舞。农民于收获葡萄时节祭祀酒神，他们装为鸟兽，举行狂欢游行，载歌载舞，这种歌叫作komos（意思是“狂欢队伍之歌”）。“喜剧”一词在希腊文里作komoidia，意思是“狂欢歌舞剧”。

早在公元前6世纪，墨加拉就有一种描写神话故事和日常生活的滑稽剧，这便是喜剧的前身。

公元前487年，雅典城在大酒神节正式上演喜剧。喜剧之所以迟迟上演，是因为有人反对喜剧讽刺个人。基奥尼得斯在那次比赛中获奖，他是第一个被承认的喜剧诗人。

古希腊喜剧的创作方法比悲剧自由。喜剧取材于现实生活，情节是虚构的。喜剧中的人物比悲剧多，但同时说话的一般也限于三人。喜剧采用日常语言。歌队队员是二十四人，往往分为两个小队，各自代表斗争的一方。喜剧不大注重结构，剧中的时间和地点有较多的变化。

古希腊喜剧的发展同民主政治和言论自由有密切关系，它随着历史的发展而逐渐演变，分为“旧喜剧”（公元前487—前404）、“中期喜剧”（公元前404—约前320）和“新喜剧”（约公元前320—前120）。

旧喜剧享有充分的批评自由，它所攻击的主要对象是政治上的权势人物和社会上的知名人士，因此受到这些人的反对。雅典法律曾于公元前416年颁布法案，剥夺喜剧的批评自由。

旧喜剧的主题思想主要表现在“对驳场”中。斗争一方胜利之后，是一些欢乐的场面，显示胜利的后果，最后以宴会或婚礼结束。旧喜剧中有“插曲”，歌队长往往在插曲中代表诗人发表政治见解和个人牢骚。

公元前5世纪雅典产生了三个著名的喜剧诗人。第一个是克拉提努斯（约公元前484—前419）。他写了二十六部喜剧。首先写政治讽刺剧和社会讽刺剧，风格雄浑有力、尖锐泼辣。第二个是欧波利斯。他只活了三十多岁，写了十七部喜剧。风格比较温和雅致。第三个是阿里斯托芬，他是最杰出的喜剧诗人，剧本情节往往流于荒诞，但主题是很现实的。他喜欢采用夸张的手法造成喜剧效果，剧中有插科打诨，也有优美的抒情诗，风格多样化。

公元前5世纪还有三个有成就的旧喜剧诗人。第一个是克拉泰斯。他首先放弃讽刺剧，而编写具有普遍性的情节，风格轻松愉快。他的喜剧《野兽》写“黄金时期”炊具能自动做面包，食物能自动烹调。第二个是佛律尼科斯。他的喜剧《文艺女神们》写索福克勒斯同欧里庇得斯比赛悲剧艺术，胜利似归于前者。第三个是柏拉图（旺盛时期是公元前428—前389），他写了二十八部喜剧，其中有政治讽刺剧和神话剧。古代批评家说，柏拉图的风格既雅致又粗俚。

公元前4世纪，雅典政治、经济衰落，人民不能享受多少自由，因此喜剧很少批评政治，从而逐渐由政治讽刺剧过渡到世态喜剧，称为“中期喜剧”。

在现代所知的五十七个中期喜剧诗人中有三个比较著名。第一个是欧布洛斯。他写了一百零四出旧喜剧和中期喜剧。他的神话剧中有很多谜语，谜语是中期喜剧的一个特色。第二个是安提法奈斯。他写了二百六十部喜剧，其中一部是比较悲剧和喜剧的优劣的。第三个是阿莱克西斯。他是最杰出的中期喜剧诗人，写了二百四十五部喜剧，其中一些是新喜剧。他的喜剧风格很优美。

自公元前4世纪末叶起，喜剧发展成为“新喜剧”。新喜剧不谈论政治，不讽刺个人，一般以家庭生活、爱情故事为题材，表现青年男女要求自由的愿望，把生活理想化，冲淡社会矛盾，缺乏深刻的思想内容。剧中人物性格鲜明、逼真，但都是定型的，如悭吝的父亲、机智的仆人。新喜剧结构简单，剧中的青年男女发生爱情，经过种种波折最后达到圆满的结局。新喜剧采用日常语言，风格明白清晰，优美雅致，剧中滑稽可笑之处一般是由情节或性格造成的，逗乐的笑话很少。

在现代所知的六十四个新喜剧诗人中有三个比较著名。第一个是菲莱蒙，他是米南德的劲敌，在演出中比米南德更受欢迎。他写了九十七部喜剧，风格比较粗俚，性格描写比较差。第二个是狄菲洛斯。他写了一百部喜剧。第三个是米南德（约公元前342—约前291）。他是最杰出的新喜剧诗人。他的喜剧通过爱情故事反映当时的社会风尚和现实生活，情节曲折，描写细腻，人物性格鲜明、生动、真实，风格雅致、优美，而且很幽默。

古希腊喜剧的历史随着大酒神节的终结而告结束。

古希腊还有一个剧种，叫作摹拟剧。创始人是索弗龙（约公元前470—约前400），作品已失传。公元前3世纪产生了一种以现实生活和风俗习惯为题材的新型摹拟剧，这是一种短剧，在街头演出，分散文剧和诗体剧。剧中有悲剧成分，也有喜剧成分，再加上舞蹈和杂技表演，深受观众欢迎，一直流传到罗马时代。比较著名的摹拟剧作者是赫罗达斯（约公元前300—？）和狄奥克里图斯（约公元前310—前256）。前者传下七部完整的摹拟剧。后者传下三部摹拟剧，其中比较著名的是《叙拉古妇女》。

古雅典有三个戏剧节。勒奈亚节于1—2月举行，以演喜剧为主。大酒神节于3—4月举行，以演悲剧为主。乡村酒神节于12月至翌年1月举行，重演旧剧本。每个参加竞赛的悲剧诗人交三出悲剧和一出羊人剧。每个喜剧诗人交一出喜剧，由执政官批准三个悲剧诗人、三个或五个喜剧诗人参加比赛。执政官用摇签法分配给每个中选的诗人一个演员（即主角，其余的两个演员由主角挑选）和一个歌队。雅典的十个区各自推选出一人为候选评判员，演出完毕后投票评定，执政官从评判票中抽出五张来决定胜负。

近代希腊戏剧始于文艺复兴后期。自1570年起，希腊处在威尼斯人的控制下，国土只剩下克里特和爱奥尼亚海上诸岛屿。此后一百年间，是克里特戏剧，也是近代希腊戏剧的黄金时代。

霍尔塔特西斯出生在克里特岛，是近代希腊最杰出的戏剧诗人之一。他的作品有悲剧《埃罗菲莉》（1637）、喜剧《卡祖尔沃斯》（1600）。特里洛斯的悲剧《罗佐利诺斯》取材于塔索的《托里斯蒙多》，写爱情与友谊之间的冲突，受《埃罗菲莉》的影响，具有同样的优点。福斯科洛斯的喜剧《福尔图那托斯》模仿《卡祖尔沃斯》的结构和其中的一些场面，情节相同，有猥亵语而不流于淫秽。作者企图摆脱意大利喜剧的影响，写出更真实的克里特生活。

1669年，土耳其人重新占领克里特，希腊戏剧从此中断一百年之久。到了18—19世纪才出现扎金索斯岛（在伯罗奔尼撒西北岸外）的喜剧。

古泽利斯（1773—1842）的著名作品《哈西斯》（1795）是在威尼斯人仍然占领着扎金索斯时期写成的。剧中的哈西斯是个吹牛军人，说话勇敢而行动怯懦。其他人物，如游手好闲的青年、狡猾的妇人、威尼斯驻防士兵，都取材于现实生活。扎金索斯人泰尔塞蒂斯（1800—1874）写了一部喜剧嘲笑诗歌比赛。

19世纪中叶，业余作家维赞蒂奥斯的《瓦韦尔》，描写希腊各地方的人各说各的方言，而引起许多滑稽的误会。该剧的演出取得很大的成功，20世纪后半叶还在上演。韦纳达基斯（1843—1907）的第一部戏剧《玛利亚·多扎帕特里》（1857）写威尼斯人占领希腊时期的故事，是一出真正的浪漫主义的作品，深受莎士比亚的影响。他后来转向古希腊戏剧，写古代的题材。

1888—1898年间出现了一种新型的田园喜剧，剧中有歌词。这种喜剧力图摆脱浪漫主义影响，要求接近现实生活。剧中人物是现实的普通人，语言采用俗语（和官方语相对），情节中掺和着民间风俗与传说。这是戏剧复兴的先兆。较重要的剧作是K. 科科斯（1856—1891）的《老人尼科拉的古琴》（1891）和《吉阿库米斯船长》。但这种生动活泼的戏剧没有持续多久，从1896年起就衰落了。

给现代希腊戏剧复兴以最大推动力的，是赫里斯托马诺斯（1867—1911）。1901年他在酒神剧场号召雅典文人复兴戏剧艺术，随即成立“新舞台”，上演用俗语翻译的欧里庇得斯悲剧《阿尔克提斯》。赫里斯托马诺斯对戏剧演出、舞台装置和布景均有革新，这是现代希腊戏剧艺术的最大成就之一。

20世纪初年，一些作家受易卜生的影响，开始写社会问题剧和家庭问题剧，剧中人物大多是破落的贵族，他们的生活反映了社会的萧条与冷落。代表作家是G.克塞诺普洛斯。1904年上演了他的《伯爵夫人瓦莱雷娜的命运》。该剧的中心人物是一个与周围的下层社会不相协调的贵妇人。他的作品具有浓重的感伤情调，反映了下层社会的悲哀和沮丧情绪，艺术上相当成功。P.霍尔恩（1881—1941）的剧作结合风土人情和家庭问题剧的特点，触及社会的创伤与时弊，其《嫩枝》（1921）是一部富于戏剧性的作品，剧中人物的性格有发展。梅拉斯的《幽灵之子》是理想主义与现实主义相结合的作品，受到了易卜生的影响。

N.卡赞扎基斯（1885—1957）是一位著名的诗人。1922年写《佛陀》和《奥德修斯》，1978年改成剧本。他的一些剧本主题相同，都写一个孤独的人明知斗争要失败而依然要去斗争。他的剧本语言晦涩，缺少矛盾冲突，不适于上演。

希腊国家剧院于1932年成立，迎来了一个新的时代。国家剧院当时由波利蒂斯担任导演和艺术监督，许多有才华的演员都集中在这个剧院里。

K.库恩（1908—1987）于1942年创立艺术剧院，上演不同流派的作品，推动舞台艺术的革新。1954年，他上演奥凯西、萨特、布莱希特等人的作品，力求以新颖的表现手法赋予舞台以诗的魅力和意境。此外，他还探讨过现实主义社会问题剧的表演艺术，导演过美国作家A.米勒的《推销员之死》以及各种现代戏剧流派和希腊现代作家的作品。

20世纪70年代涌现出大批剧作家，其中V.齐奥加斯（1937— ）受荒诞派戏剧的影响，写了《苍蝇的喜剧》。阿纳戈诺斯塔基也写荒诞派独幕剧，表现青年一代的失望情绪。

五　雅典酒神剧场

雅典酒神剧场，希腊最古老的剧场。从中世纪到近代，一般认为2世纪建于雅典卫城西南坡下的罗马建筑俄得翁剧场就是酒神剧场，直到1765年才根据一枚古钱币的印纹确定酒神剧场的正确位置在卫城上雅典娜神庙以东的卫城东南坡下。剧场遗址自1841年开始发掘，1895年完成。

在这片遗址上原有一座旧剧场，比后来的新剧场偏南15.24米，观众席是木制的，有一部分倚靠卫城南坡，供歌队和演员表演的圆场直径为23.77米。

公元前4世纪末，财务官吕枯尔戈斯建筑新剧场。圆场直径为60古希腊尺，合19.60米，观众席约能容纳14000人。

公元67年，罗马皇帝尼禄巡视希腊。在巡视之前，雅典酒神剧场已经过改建，圆场的一部分让位于舞台。舞台高1.46米。圆场与水沟之间加上大理石栏杆，用来保护观众，以免圆场上举行的罗马格斗伤人。

3世纪或4世纪，雅典总督淮德罗斯对酒神剧场做了最后的修改。圆场四周加上防水设备，以便在圆场上表演海战。舞台下面的人像头部被削去了，所以舞台比原来的矮了0.15米左右，至今大体保持着原状。

六　埃斯库罗斯

埃斯库罗斯（Aischulos，约公元前525—前456），古希腊三大悲剧诗人之一，贵族出身。公元前470年左右，他赴西西里，在叙拉古的僭主希埃龙的宫中做客，在那里写过一个悲剧，叫作《埃特纳女人》，庆祝埃特纳城的建立。公元前458年以后不久，他重赴西西里，后来死在该岛南部的杰拉城。他曾为自己写过一首墓志铭：

> 雅典人埃斯库罗斯，欧福里翁之子，
> 躺在这里，周围荡漾着杰拉的麦浪；
> 马拉松圣地称道他作战英勇无比，
> 长头发的波斯人听了，心里最明白。

诗人写了七十个剧本（一说九十个），生前得过十三次奖，死后还得过四次。他传下七部完整的悲剧：《乞援人》（公元前490年左右演出，一说公元前463年演出）、《波斯人》（公元前472年，得头奖）、《七将攻忒拜》（公元前467年，得头奖）、《被缚的普罗米修斯》（公元前465年左右演出，一说公元前469年演出）、《阿伽门农》（公元前458年，得头奖）、《奠酒人》（公元前458年，得头奖）、《报仇神》（公元前458年，得头奖）。

埃斯库罗斯少年时经历雅典僭主希庇阿斯的暴政，青年时看到雅典奴隶主民主制的建成。他拥护民主制度，提倡民主精神。他在《报仇神》中称赞雅典为人民治理的城邦。《乞援人》中的雅典王佩拉斯戈斯认为，重大问题必须取得人民的同意才能做出决定。他在《被缚的普罗米修斯》中把宙斯描写成一个典型的专制暴虐的僭主。他在《七将攻忒拜》中用攻打祖国、争夺王位的波吕涅刻斯来影射曾企图借波斯入侵的机会进行复辟的希庇阿斯。但是有时他却用贵族眼光看待当时的社会现实，例如他在《报仇神》中劝雅典人不要随便更改法律，表示他不同意民主派取消贵族议事院的政治权力。由此可见，诗人的政治思想是矛盾的，有其保守的一面。

诗人的宗教观也是矛盾的。他出生在崇拜地母（农神）得墨忒尔的中心地点埃莱夫西斯，却不参加敬奉这位女神的宗教仪式。他在《被缚的普罗米修斯》中攻击宙斯，对众神抱否定、怀疑态度，但是他在《奥瑞斯忒亚》三部曲（包括《阿伽门农》《奠酒人》《报仇神》）中却赞美希腊神祇，把宙斯当作一位公正的神。诗人的命运观也是矛盾的。他把命运看作具体的神，即认为命运支配着人的行为，却又强调人的意志自由，认为人应对自己的行为负责。伴随命运观而来的，是因果报应观念，先人造孽，受了诅咒，使祸延后代，引起一代一代循环不已的报复行为，产生一系列流血斗争。

埃斯库罗斯的思想矛盾反映了雅典早期民主派的特点，他们在政治、经济上适当限制贵族的权力，适当满足自由民的愿望，并且力图使先进思想和传统观念调和起来。

公元前6世纪末，波斯帝国占领了小亚细亚沿岸的希腊殖民城市。公元前5世纪初，这些城市相继起来反抗波斯的统治，虽然得到希腊本部的支援，但是终于失败。波斯与希腊之间的政治、经济矛盾很快就引起了战争。公元前490年，希腊人在马拉松打败波斯军队。公元前480年，他们又在萨拉米湾击溃波斯舰队。诗人曾参加这两次战役，他的爱国热情在他的悲剧中处处流露出来。《波斯人》写波斯舰队的覆灭。诗人在剧中抨击波斯的专制与奴役，赞扬雅典的民主与自由，歌颂抗击波斯侵略的卫国战争。这是现存的唯一以当时的现实为题材的古希腊悲剧。

埃斯库罗斯最著名的悲剧是《被缚的普罗米修斯》。普罗米修斯曾把天上的火种偷来送给人类，并赋予人类以智慧和科学，使他们得以生存下去，不至于被宙斯毁灭。宙斯为此把普罗米修斯钉在悬崖上，河神奥克阿诺斯前来劝普罗米修斯同宙斯妥协，被他拒绝了。神使赫尔墨斯前来强迫他说出那关系到宙斯的命运的秘密（即宙斯如果同某位女神结婚，他将被那位女神所生的儿子推翻），普罗米修斯坚决不肯说出，他宁肯被打入地下深坑，忍受千万年的痛苦，也不向宙斯屈服。这是一场专制统治与反专制统治的斗争，反映了雅典工商民主派与土地贵族寡头派之间的搏斗。普罗米修斯成了民主派的化身，表现了为正义事业而顽强斗争的崇高精神。马克思称普罗米修斯为“最高尚的圣者和殉道者”。

埃斯库罗斯另一个出色的悲剧是《阿伽门农》。阿伽门农是远征特洛伊的希腊联军的统帅，远征军集中的时候，海上起逆风，船只无法开航。阿伽门农因此把他的女儿伊菲格涅亚杀来祭女猎神阿耳忒弥斯，以平息神怒，获得顺风。这剧写阿伽门农胜利归来，被他的妻子克吕泰墨斯特拉和她的姘夫埃吉斯托斯谋杀的故事。克吕泰墨斯特拉是为她的女儿报仇，埃吉斯托斯则是为阿伽门农的父亲阿特琉斯曾经杀他的两个哥哥来款待他的父亲提埃斯提斯一事而向阿伽门农报仇。这剧的意义在于反对不义的战争，希腊人攻打特洛伊不过是为了夺回一个被特洛伊王子帕里斯拐走的女人（海伦）。诗人认为阿伽门农攻下特洛伊，毁坏神殿，杀人过多，必有恶报。第二部曲《奠酒人》写阿伽门农的儿子奥瑞斯忒斯回国来为父亲报仇，杀死母亲和埃吉斯托斯的流血事件。第三部曲《报仇神》写奥瑞斯忒斯于杀母后被报仇女神们追逐，要他血债血还。他前往雅典，在战神山法庭受审，定罪票和赦罪票相等，由庭长雅典娜投一票，把他赦免了。首先看出这剧的社会意义的是巴霍芬，恩格斯这样写道："根据这一点，巴霍芬指出，埃斯库罗斯的《奥瑞斯忒亚》三部曲是用戏剧的形式来描写没落的母权制跟发生于英雄时代并获得胜利的父权制之间的斗争。"（恩格斯：《家庭、私有制和国家的起源》第四版序言）报仇女神们维护母权制，体现古老的氏族原则，对杀人犯采取报复行为；雅典娜则拥护父权制，体现民主精神，主张对罪犯进行审讯，考虑他杀人的动机，结果是父权制战胜了母权制。从此法律裁判代替了家族仇杀，人类社会开始由野蛮进入文明，这就是这个三部曲的乐观结论。

埃斯库罗斯开始创作时，希腊悲剧尚处于早期发展阶段。诗人对戏剧艺术有许多重要的贡献，他使悲剧具有完备的形式。他首先注意形象的塑造，他所创造的人物都是些有坚强的意志的雄伟高大的人物，他们的性格，一般说来，是固定的，不够深刻，也没有什么发展。他的故事情节大多比较简单。歌队在埃斯库罗斯的剧中占有重要地位，因此剧中的抒情气氛十分浓厚。歌队参与剧中的活动，推动剧情向前发展。埃斯库罗斯的悲剧差不多都是三部曲。三部曲采用神话中连续发展的三个故事为题材。三部曲的结构比较困难，既要顾到每部曲本身结构的完整，又要顾到各部曲之间的联系。就《奥瑞斯忒亚》而言，总的结构是完整的，但各部曲的结构比较松散，剧情发展比较缓慢。以上这些是古希腊早期悲剧的特点。

据说泰斯庇斯于公元前534年首先采用一个演员，这个演员与歌队共同表演歌颂酒神的合唱歌。第二个演员是埃斯库罗斯首先增加的，有了两个演员才能有真正的戏剧对话，表现戏剧冲突，因此埃斯库罗斯被誉为古希腊悲剧的创始者。据说布景、剧中人物所穿的高底靴和色彩鲜明的服装等都是由埃斯库罗斯首先采用的。《乞援人》中有五十个穿白袍的埃及女子翩跹起舞，《阿伽门农》中统帅乘战车进场，《报仇神》剧尾举行火炬游行，这些场面都是很壮观的。

埃斯库罗斯的诗句庄严、雄浑，带有夸张色彩。他的语言优美，词汇丰富，比喻奇特。这种风格是与他的悲剧中严肃而激烈的斗争和英雄人物的强烈感情相适应的。

埃斯库罗斯死后，他的声名很快就衰落了，五十年后，喜剧家阿里斯托芬在《蛙》里对他推崇备至，认为他的作品有教育意义。埃斯库罗斯的悲剧在古代和近代影响不大。从18世纪开始，他的作品才受到广泛重视。埃斯库罗斯是马克思非常喜爱的作家，马克思每年都要重读他的原文悲剧。

七　索福克勒斯

索福克勒斯（Sophocles，约公元前496—前406），古希腊三大悲剧诗人之一。生在雅典西北郊科洛诺斯乡。父为兵器制造厂厂主。索福克勒斯在年轻时即显露出音乐方面的才能。抗击波斯人的萨拉米海战胜利后（公元前480年），他领导歌队唱凯旋歌。公元前468年，他胜过埃斯库罗斯，首次获奖。公元前440年，他被选为十将军之一，与伯里克利一同率领舰队镇压企图退出以雅典为首的提洛同盟的萨摩斯人。公元前413年，他被选为“十人委员”之一，审查提交公民大会的提案，处理雅典在西西里战败后的危机。诗人死时，雅典和斯巴达正在进行战争。斯巴达将军听说他去世，特别下令停战，让他的遗体归葬故乡。他的坟头上立着一个善于唱歌的人头鸟的雕像。索福克勒斯一共写了一百二十多个剧本，得过二十四次奖，现存七个完整的悲剧：《埃阿斯》（公元前

442年左右）、《安提戈涅》（公元前441年左右）、《俄狄浦斯王》（公元前431年左右）、《埃勒克特拉》（公元前419年—前415年之间演出）、《特拉基斯少女》（公元前413年左右）、《菲罗克忒忒斯》（公元前409年，得头奖）、《俄狄浦斯在科洛诺斯》（公元前401年由索福克勒斯的孙子拿出来上演，得头奖）。

诗人的中年正逢雅典民主制全盛时期。后来雅典集团和斯巴达集团之间爆发战争，战争期间，雅典民主制逐渐被削弱，政治、经济出现危机，这些危机在索福克勒斯的创作中没有什么反映。诗人所反映的是雅典民主制繁荣时期的思想意识。他属于温和的民主派，拥护民主制度。他的悲剧《俄狄浦斯王》中的预言者对俄狄浦斯说："你是国王，可是我们双方在发言权方面应当平等。"《安提戈涅》中的海蒙认为只属于一个人的城邦不算城邦。《俄狄浦斯在科洛诺斯》中的雅典国王忒修斯说，雅典是"凡事按法律处理的城邦"。这些话反映了一定的民主思想。

索福克勒斯对于专制国王和借民众的力量获得政权的僭主深恶痛绝。他曾拒绝马其顿国王和西西里僭主的邀请，他说："谁要是进入君主的宫廷，谁就会成为奴隶，不管去时多么自由。"《安提戈涅》中的预言者谴责克瑞翁说："暴君所生的一族人都爱卑鄙的利益。”《俄狄浦斯王》中的歌队说：“傲慢产生暴君。”“暴君”一词影射“僭主”，因为“暴君”和“僭主”在古希腊语中是同一个词。

索福克勒斯的宗教观是保守的，他维护传统的宗教信仰。尽管他同智者派阿那克萨哥拉和普罗塔哥拉是朋友，但是他没有接受这一派人的疑神论思想，他始终是很相信神的。

《安提戈涅》的背景是波吕涅刻斯率领外邦军队回国来同他的哥哥厄忒俄克勒斯争夺父亲俄狄浦斯留下的王位，两弟兄自相残杀而死。新王克瑞翁下令禁止埋葬波吕涅刻斯的尸体，因为他回来烧毁祖先的神殿，吸饮族人的血。这个禁令违背古希腊人的宗教信仰。古希腊人相信，死者如果不予埋葬，他的阴魂便不能进入冥土，因此亲人有埋葬死者的义务。安提戈涅既不能违反法律，又必须尊重“神律”，这就形成无法解决的矛盾。按照诗人的理解，这便是不可挽救的命运。在这种命运面前，安提戈涅必须进行选择。她毅然遵守神的律条，埋葬了哥哥波吕涅刻斯，因此被囚禁在墓室里，最后自杀身死。克瑞翁悔悟后，前去释放安提戈涅，但为时已晚。安提戈涅的未婚夫海蒙曾苦劝他父亲克瑞翁顺从民意，宽大为怀。这时他在墓室里看见父亲，拔剑杀他，没有刺中，于是殉情而死。据说由于《安提戈涅》这部悲剧上演成功，诗人才被选为雅典的将军，获得这最大的荣誉。这部悲剧在近代很受欢迎。剧中还有爱情的主题，这在古希腊文学中是绝无仅有的。这也是《安提戈涅》为现代人所喜爱的原因之一。

索福克勒斯最著名的悲剧是《俄狄浦斯王》。忒拜王拉伊俄斯预知自己的儿子会杀父娶母，因此俄狄浦斯一出生，他便叫一个牧人把他抛弃。这婴儿被科林斯王收为养子。俄狄浦斯成人后，得知他的可怕的命运，便逃往忒拜，在那里做王，并娶了前王的妻子。这剧开场时，忒拜城发生瘟疫，神说要找出杀害前王的凶手，瘟疫才能停止。预言者指出凶手就是俄狄浦斯本人。俄狄浦斯疑心妻舅克瑞翁收买预言者来陷害他。王后出来劝解，她告诉俄狄浦斯，她的前夫是在一个三岔路口被一群强盗杀死的。俄狄浦斯听后，开始怀疑前王是自己所杀，因为他曾在三岔路口独自杀死一个老年人。后来，那个牧人承认婴儿时的俄狄浦斯是王后交给他的，于是真相大白。这剧写个人意志与残酷命运的冲突。俄狄浦斯正直诚实，热爱人民，敢于面对现实，承担责任，因此遭受命运的摧残。在索福克勒斯看来，命运不是具体的神，而是一种神秘的力量，具有邪恶性质。诗人所强调的是人的自由意志和反抗命运的刚毅精神。这部悲剧通过俄狄浦斯的命运，反映雅典自由民在社会灾难面前所感到的悲观愤懑的情绪。

在《俄狄浦斯在科洛诺斯》中，年老的俄狄浦斯由安提戈涅扶持流亡到雅典西北郊的科洛诺斯，受到雅典王忒修斯的接待，他答应把他的骸骨赠给国王，以保证城邦的安全。克瑞翁前来迫使俄狄浦斯回国，以保证忒拜的安全。老人不愿意，克瑞翁便叫人把安提戈涅和她的妹妹带走，后姐妹二人由忒修斯派兵救回。波吕涅刻斯前来求父亲帮助从哥哥手里夺回王位，俄狄浦斯却诅咒两个儿子会自相残杀而死。这个受尽苦难的人得到神的召唤，死得很神奇，他的坟墓只有忒修斯一人知道。诗人是在解释俄狄浦斯传说的意义，俄狄浦斯曾在剧中再三申辩，说他没有罪，因为杀父是出于自卫。他终于得到神的关怀。诗人还有意借这剧来鼓吹英雄主义思想，歌颂雅典城邦的光荣伟大，以维护它的威信。

索福克勒斯使悲剧艺术达到完美的境界。他的特长表现在戏剧结构上，他放弃三部曲的形式，而写出三个独立的悲剧，使每个剧的情节多样化，矛盾冲突更为集中，结构也更为复杂、严密、完整。他最讲究情节的统一，重视戏剧内部的有机联系。他剧中矛盾的解决都是事先安排下来的。《俄狄浦斯王》一剧被亚里士多德认为是戏剧中的典范。这剧情节复杂，条理清楚，每一件事都是前一件事的必然结果；剧中任何一景都不能挪动或删削，否则整个结构就会被毁坏。

索福克勒斯着重写人，不着重写神。他剧中的英雄人物都具有坚强的意志，敢于和命运斗争到底，能忍受一般人不能忍受的苦难。他们之所以受难，与其说是由于他们的过失，毋宁说是由于他们的美德。索福克勒斯曾说，他按照人应当是什么样来写，欧里庇得斯则按照人本来是什么样来写。换句话说，他写的是理想的人物，欧里庇得斯写的则是现实的人物。索福克勒斯善于刻画人物，能用三言两语，使人物栩栩如生。他创造出形形色色的人物，每个人物都具有鲜明的个性。他使人物的性格成为剧情发展的动力。他喜欢采用对照手法，用一些性格相反的人物烘托剧中主人公的性格，使它更为鲜明。

索福克勒斯首先采用第三个演员，使剧中人物增多，对话占据主要地位，因此歌队不如先前重要。但是他的歌队仍然是戏剧整体的有机部分。《埃阿斯》中的歌队由埃阿斯的兵士组成，他们非常关心主帅的命运，参与剧中的活动。

索福克勒斯曾说，他起初模仿埃斯库罗斯的夸张风格，后来采用一种矫揉造作的风格，最后才找到适合于表现人物性格的风格，这种风格朴质、简洁、自然、有力。他的语言能引起联想，为观众所理解，但剧中人物却不理解，这种手法可以产生强烈的戏剧效果。例如《俄狄浦斯王》中一些词句，使观众联想到俄狄浦斯和他的母亲的关系。索福克勒斯的对话明快、紧凑，安排得十分巧妙。他的一些合唱歌词写得十分优美，被誉为古代抒情诗的典范。

就戏剧艺术而论，古代批评家一般都认为索福克勒斯是最杰出的希腊悲剧家。罗马演说家西塞罗把索福克勒斯比作荷马。索福克勒斯对后世影响不太大，他的作品只有《俄狄浦斯王》常被后人模仿。法国诗人拉辛认为《俄狄浦斯王》是一个完美的悲剧。德国批评家莱辛和诗人歌德对索福克勒斯的技巧给予很高的评价。

八 欧里庇得斯

欧里庇得斯（Euripides，约公元前485—前406），古希腊三大悲剧诗人之一。生在雅典领土阿提卡东海岸佛吕亚乡，贵族出身。他学习过绘画，是第一个拥有大量藏书的雅典人。他曾在阿那克萨哥拉门下听过有关自然哲学的课。智者普罗塔哥拉的关于神的论文是在诗人家里诵读的，那头一句是："我不能断言是否真的有神存在，这点的认识有许多障碍：第一，是对象本身不明确；第二，是人类寿命短促。"克勒翁曾控告诗人相信异端学说，给他加上不敬神的罪名。欧里庇得斯时常在剧中谈论哲学，因此被称为"舞台上的哲学家"。他曾赴西西里叙拉古城做使节。公元前408年，他应邀到马其顿王阿尔克拉奥斯的宫廷，后来死在那里。雅典人曾派人去取诗人的遗骸，被阿尔克拉奥斯拒绝，他们只好在雅典郊外立了一个纪念碑，上面刻着：

全希腊世界是欧里庇得斯的纪念碑，
诗人的骸骨在客死之地马其顿永埋，
诗人的故乡是雅典——希腊的希腊，
这里万人称赞他，欣赏他的诗才。

据说欧里庇得斯一共写过九十二部剧本，只得过五次奖。现存十七部悲剧和一部“羊人剧”：《阿尔克提斯》（公元前438年，得头奖，一说这剧是用来代替“羊人剧”的）、《美狄亚》（公元前431年）、《希波吕托斯》（公元前428年，得头奖）、《赫拉克勒斯的儿女》、《安德罗玛克》、《赫卡柏》（公元前423年以前演出）、《请愿的妇女》、《特洛伊妇女》（公元前415年，得头奖）、《伊菲格涅亚在陶罗人里》（公元前420年—前412年之间演出）、《海伦》（公元前412年）、《奥瑞斯忒斯》（公元前408年）、《疯狂的赫拉克勒斯》、《伊翁》、《埃勒克特拉》、《腓尼基少女》（得头奖）、《伊菲格涅亚在奥利斯》（诗人死后才演出，得头奖）、《酒神的伴侣》（诗人死后才演出，得头奖）和一部“羊人剧”《独眼巨怪》（演出年代不详）。此外，还传下一部悲剧，名叫《瑞索斯》，过去也曾被认为是欧里庇得斯的作品。

欧里庇得斯的作品大部分是在内战期间写成，因此诗人所反映的是雅典政治、经济危机中的思想意识。这次战争自公元前431年断断续续打到公元前404年。战争初期，雅典是以侵略者的姿态出现的。诗人谴责侵略，维护正义。当时雅典对待盟邦采取高压政策，甚至强迫中立的城邦加入以雅典为首的提洛同盟。米洛斯不愿意加入，雅典便于公元前416年攻陷这个小岛，把成年男子尽行杀戮，把所有妇孺卖为奴隶。诗人痛恨米洛斯战役的残酷，在次年演出《特洛伊妇女》，写特洛伊亡国的惨象：特洛伊王后赫卡柏的女儿波吕克塞娜被希腊人杀来祭阿基琉斯。赫卡柏劝她的儿媳、特洛伊主帅赫克托尔的遗孀安德罗玛克去给阿基琉斯的儿子皮罗斯做妾，以便把赫克托尔的小儿子阿提阿那克斯抚养成人，日后好恢复特洛伊的王权，而这孩子却被希腊人由城墙上扔下摔死。当时的观众可以明显地看出，这是在影射米洛斯的屠杀。这部悲剧是对被侵略者表示最大同情的古代杰作。

战争期间，雅典经济破产，商人做粮食投机，高利贷者重利盘剥，大批农民则因战争流入城市，成为赤贫。欧里庇得斯对于这种现象表示愤慨，他同情穷人，特别是穷苦农民。《埃勒克特拉》中的埃勒克特拉是迈锡尼王阿伽门农的女儿，被埃吉斯托斯强迫嫁给一个农民，这人是个正直善良的人。剧中的奥瑞斯忒斯就这事评论说：“富人的身上有着饿瘦的心灵，穷人身上却存在着伟大的精神。”欧里庇得斯所描写的富人十分贪婪、残暴，如《赫卡柏》中的波吕墨斯托尔，这人曾把赫卡柏的儿子波吕多罗斯杀死，以便侵吞赫卡柏托付他保存的金子；以后他又想贪图更多的财宝，结果被赫卡柏弄瞎了眼睛，受到恶报。欧里庇得斯对于奴隶所受的压迫和痛苦也表示同情。《伊翁》中的老家奴说：“奴隶身上只有一样东西不体面，那就是奴隶这名称。”

当时雅典民主制逐渐被削弱，政治煽动家愚弄人民，鼓吹战争。欧里庇得斯维护民主制度，他在《请愿的妇女》中把雅典的先王忒修斯看作民主制度的创建者，称赞他使人民享受同样的投票权。诗人认为全体公民在法律面前应一律平等，每人应有发言权。他也反对借民众的力量获得政权的僭主，忒修斯曾在剧中说：“对于城邦，没有比暴君更有害的了，那里没有公认的法律，只有一个人统治，自己手里拿着法律，也就没有法律了。”“暴君”一词影射“僭主”，因为“暴君”和“僭主”在古希腊文中是同一个词。

欧里庇得斯接受了智者派的进步思想，对宗教信仰抱怀疑态度。他攻击预言者，责备天神邪恶、残恶，制造人间的灾难。这是《希波吕托斯》《伊翁》等悲剧的主题思想。《希波吕托斯》是欧里庇得斯最著名的悲剧之一，剧中的菲德拉爱上了她丈夫忒修斯的前妻的儿子希波吕托斯，遭到拒绝，羞愧自杀，遗书反而诬蔑希波吕托斯侮辱了她。忒修斯归来，不问情由，咒请海神波塞冬把他的儿子弄死。希波吕托斯在放逐途中被波塞冬放出的公牛害死了。他的悲剧结局是爱神阿佛罗狄忒造成的，她妒忌希波吕托斯不尊敬她而尊敬永葆童贞的狩猎女神阿耳忒弥斯，因而进行报复。阿耳忒弥斯在剧尾出场，她不责怪忒修斯，而把希波吕托斯死亡的责任推到阿佛罗狄忒身上，这就说明爱神的不正直了。

诗人也不相信命运，在他看来，人的命运不受神的支配，而取决于自己的行为。

欧里庇得斯有好几部悲剧是写家庭问题的。当时的雅典妇女深受压迫，被禁闭在家中，不得参加公共活动，而男子则可以有外室，在外面胡闹，不受法律和道德的约束。诗人对于这些现象感到愤慨。《伊翁》中的阿波罗神同一个凡间女子有私情，又不愿承担责任。这剧暴露雅典男子的罪行。《阿尔克提斯》中的国王阿德墨托斯命中注定要短命，如果有人替他死，他就可以长寿。他曾经恳求他的年老的父母替死，遭到拒绝，结果是他的妻子阿尔克提斯替他死了，后来由赫拉克勒斯从死神手里把她救回来。这剧批判雅典男子的自私自利，他们要求妇女为他们牺牲一切。《美狄亚》是欧里庇得斯最感人的悲剧之一，剧中的美狄亚是个异国女子，她曾背叛自己的家庭，帮助伊阿宋取得金羊毛，同他一起前往希腊的伊奥尔科斯。她在那里为伊阿宋报了杀父之仇，但伊阿宋未能恢复王权，又带着妻子和两个儿子流亡到科林斯。这剧开场时，伊阿宋要另娶科林斯国王的女儿，国王打算把美狄亚驱逐出境，美狄亚起初和伊阿宋争吵，后来假意同他和解，用毒药害死了公主和国王，然后杀死自己的两个儿子，乘坐龙车逃向雅典。这剧批判不合理的婚姻制度和男女地位的不平等，痛责男子的不道德和自私自利。美狄亚的遭遇是当时妇女的共同命运，诗人对她们寄予无限的同情。

希腊悲剧到了欧里庇得斯手里，在形式上已十分完美，因此诗人只就内容方面加以革新。他在这方面有两大贡献，即写实手法与心理描写。欧里庇得斯的剧作标志着“英雄悲剧”的终结。他首先采用日常生活为题材，例如《埃勒克特拉》以农村生活为背景。他的人物与他那个时代的普通人相去不远。他甚至把农民和奴隶作为悲剧中的重要角色，使悲剧接近现实。所以索福克勒斯说他笔下的人物是理想的，欧里庇得斯的人物则是现实的。

欧里庇得斯善于描写人物的心理。《希波吕托斯》写变态的恋爱心理，《伊翁》写妒忌心理，《酒神的伴侣》写疯狂心理，在《美狄亚》中，弃妇的恨和贤母的爱展开了剧烈的冲突，美狄亚要杀儿子又不忍下手的复杂心理刻画得非常深刻。这样的心理描写在古代文学中是很少见的。

欧里庇得斯还创造了一种新型悲剧，其中有浪漫情调和闹剧气氛。《海伦》《奥瑞斯忒斯》《伊翁》都属于这一类型，对希腊的新喜剧有影响。

欧里庇得斯对戏剧结构不甚注意，他的布局有许多是穿插式的。他往往在“开场”中介绍戏剧的情节，并且在剧尾借“神力”来解决情节上遇到的困难，《美狄亚》中的龙车就是一种神力。这两种手法冲淡了戏剧效果。

歌队在欧里庇得斯的剧中失去了它的重要地位，成为戏剧的装饰，有时候甚至阻碍剧情的发展，因为剧中常有计谋，歌队经常在场，不利于计谋的进行，所以剧中人物往往要求歌队为他们保守秘密，美狄亚就曾要求歌队不要泄漏她的报仇计划。

欧里庇得斯的风格比较华美，语言流畅，对话接近口语，十分自然。他的诗的特点是明白清晰，只是剧中往往充满了冗长的说理和辩论。

欧里庇得斯在世时，他的悲剧不大受人欢迎，他死了以后，他的名声反而更大，喜剧诗人阿里斯托芬对欧里庇得斯揶揄备至，但也欣赏他的才华。亚里士多德在《诗学》中对欧里庇得斯有许多指责，但也称赞他“最能产生悲剧的效果”。欧里庇得斯对罗马和后世欧洲戏剧的影响，比他的两位前辈悲剧诗人大得多。罗马诗人塞内加和奥维德都模仿过他的《美狄亚》。但丁在《神曲》中只提到欧里庇得斯。高乃依、拉辛和歌德也模仿过欧里庇得斯的作品。在英国，诗人拜伦、雪莱、布朗宁等也推崇欧里庇得斯。

九　吕西阿斯

吕西阿斯（Lysias，约公元前459—前380），古希腊演说家。他的父亲原籍西西里叙拉古城，后定居雅典。柏拉图的《理想国》中的酒宴，就是在吕西阿斯的哥哥波莱马尔科斯家里举行的，他的父亲、两个哥哥和他本人都曾参加。

吕西阿斯曾在著名修辞教师提西阿斯门下学习，后来在雅典讲授修辞学，并代人写诉讼演说。公元前404年，寡头派的“三十僭主”政府没收了他家的财产，波莱马尔科斯被处死，吕西阿斯本人逃亡到外地。次年，民主制度恢复后，吕西阿斯一度获得雅典公民权，他以这个身份控告三十僭主中的埃拉托斯泰涅斯杀害波莱马尔科斯，这篇控告词是他最著名的演说之一。他传下三十篇演说，这些演说不仅是文学作品，而且是研究当时社会生活的重要资料。

吕西阿斯的风格简洁明快，他善于用不同文词适应不同的时机。他一般只用日常生活中的常用字，避免使用诗的语汇、隐喻和夸大的言辞。他修辞造诣很深，善于掩盖自己的修辞技巧，所以文章显得非常自然。当时曾有人说，他代人写的诉讼词，读第一遍时感觉是好文章，但读第二遍、第三遍时，则感觉平淡无奇。他回答说：“你在法庭上不是只诵读一遍吗？”

十　阿里斯托芬

阿里斯托芬（Aristophanes，约公元前446—前385），古希腊旧喜剧诗人，生于雅典。他交游甚广，苏格拉底和柏拉图都是他的朋友。柏拉图曾在他的哲学对话《会饮篇》中提起阿里斯托芬同苏格拉底讨论爱情的起源问题，讲了这样一个故事：那最初的人被神劈成一男一女，后来由爱情促使他们互相寻找，结合为一。公元前427年，阿里斯托芬上演他的第一个喜剧《宴会者》，得次奖。这剧批判智者派倡导的新教育。公元前426年，他上演《巴比伦人》，嘲笑雅典盟邦的使节过于天真，受了雅典权势人物的欺骗。雅典激进民主派领袖克勒翁为此以诽谤城邦的罪名控告他，说他是外邦人，不得享受雅典的公民权。阿里斯托芬有三个儿子，名叫腓力、阿拉罗斯和尼科斯特拉托斯。他的最后两个喜剧，即《科卡洛斯》和《埃奥洛西孔》是替阿拉罗斯写的，他想把这个儿子作为一个喜剧诗人介绍给雅典人。他这三个儿子后来都成了中期喜剧诗人。阿里斯托芬写了四十四个喜剧，得过七次奖。流传到今天的旧喜剧，只有阿里斯托芬的十一个：《阿哈奈人》（公元前425年，得头奖）、《骑士》（公元前424年，得头奖）、《云》（公元前423年，得第三奖，比赛失败）、《马蜂》（公元前422年，得次奖）、《和平》（公元前421年，得次奖）、《鸟》（公元前414年，得次奖）、《吕西斯忒拉忒》（公元前411年）、《地母节妇女》（公元前410年）、《蛙》（公元前405年，得头奖）、《公民大会妇女》（公元前392年）、《财神》（公元前388年）。

诗人死后，柏拉图为他写了两行墓志铭：

美乐女神寻找一所不朽的宫殿，

她们终于发现了阿里斯托芬的灵府。

阿里斯托芬的喜剧触及当时一切重大的政治和社会问题，反映雅典奴隶主民主制危机时期的思想意识。雅典集团和斯巴达集团之间的政治、经济矛盾终于导致内战，使雅典农村遭到破坏。阿里斯托芬维护自耕农的利益，坚决反对这种不义的战争。《阿哈奈人》中的雅典农民狄凯奥波利斯对战争感到绝望，私下与斯巴达人订立和约，遭到烧木炭的阿哈奈人（歌队）的反对，狄凯奥波利斯在“对驳场”中争辩说，战争不过是为了互相争夺妓女，事情不能全怪斯巴达人，雅典当局也难辞其咎。他说服了烧炭人，然后向对方开放市场。这剧的政治作用在于扫除群众中的报复心理，主张重建和平。诗人在《和平》中号召希腊各城邦的人民前来救出被战神禁闭的和平女神。女神出现后，农民都要回乡种地，倒霉的只有贩卖兵器的商人。在《吕西斯忒拉忒》中，双方妇女发动政变，迫使男子停战。诗人主张希腊各城邦联合起来，共同对付波斯人再度入侵的威胁。

阿里斯托芬拥护民主制度，希望人民当家做主，不要被人牵着走。战争期间，雅典的民主制度逐渐衰落，政治煽动家、特别是克勒翁把自己的意志强加于人民。诗人在《骑士》中对克勒翁愚弄人民、拒绝和谈、勒索盟邦、侵吞公款等罪行予以猛烈抨击。当时克勒翁作战胜利归来，气焰甚高，诗人却把他描写为德谟斯（人民）的家奴，他欺骗主人，压迫伙伴。伙伴们找来一个腊肠贩，这人更善于向主人献媚，夺取了管家的职位。腊肠贩得胜后，弃邪归正，使德谟斯返老还童，也就是恢复旧日的民主制度和抗击波斯人的爱国精神。这剧是阿里斯托芬最尖锐、最有力的政治讽刺剧，深刻揭露了当时雅典政治的腐败情况。

喜剧《鸟》中有两个年老的雅典人，他们厌弃城市生活和诉讼风气，升到天空去建立一个“云中鹁鸪国”，切断天与地之间的交通。众神由于忍受不了饥饿，只好向鹁鸪国求和，把统治权移交给鸟类。鸟国中没有贫富之分，没有剥削，劳动是那里生存的唯一条件。这剧的主题表明诗人幻想建立理想的城邦，恢复早已被破坏了的农村自然经济。《鸟》是现存的唯一以神话为题材的旧喜剧，情节复杂。抒情味浓，结构谨严，是阿里斯托芬的一部杰出作品。

战争结束以后，雅典由于战败，经济崩溃，贫富之间的矛盾进一步激化，于是社会上产生乌托邦思想，要求平均财富。《公民大会妇女》中的妇女从男人手中夺取政权，实行财产公有。《财神》讽刺使人人富有而不触动私有制的乌托邦思想。

阿里斯托芬对农民、穷人甚至奴隶是深表同情的。诗人在《马蜂》中十分关怀那些靠一点陪审津贴维持生活的穷苦人民，怜惜他们受了政治煽动家的欺骗。奴隶在阿里斯托芬的喜剧特别是《地母节妇女》和《蛙》中占有重要的地位，甚至可以同主人开玩笑。

公元前5世纪下半叶出现智者派，他们提倡思想自由，怀疑神的存在；另一方面，他们又传授诡辩术，颠倒是非。《云》中的农民斯瑞西阿得斯因为负债甚苦，叫儿子到苏格拉底的“思想所”去学习口才。孩子学成之后，回到家里，为饮酒诵诗的事同父亲发生口角，并用诡辩方式证明儿子打父亲有理。老人在气愤之下，前去把思想所烧毁了。诗人在剧中批判智者派提倡诡辩技巧，破坏传统道德。在上演二十五年之后，即公元前399年，这个剧成为苏格拉底被判死刑的罪证之一。

阿里斯托芬在《阿哈奈人》和《地母节妇女》等剧中责备欧里庇得斯贬低悲剧艺术，描写妇女的激情，鼓吹无神论思想，对社会产生不良影响。他在《蛙》里比较了埃斯库罗斯和欧里庇得斯的悲剧艺术，认为他们各有长短，埃斯库罗斯以崇高的思想和爱国的精神教育人民，而欧里庇得斯的悲剧则缺乏教育意义。《蛙》是古希腊最早的文艺批评，又是文学作品，这是难能可贵的。

阿里斯托芬的喜剧特别是《鸟》和《蛙》对神抱嘲笑态度，这种嘲笑是古希腊戏剧节日所容许的，它并不破坏宗教信仰。实际上阿里斯托芬的宗教观点和他对政治、社会的看法一样，都是相当保守的。

阿里斯托芬认为喜剧诗人应该有严肃的政治目的。他以主持正义、挽救城邦、教育人民为己任。他的作品斗争性很强。恩格斯称他为“有强烈倾向的诗人”。

古希腊的旧喜剧是政治讽刺剧，受到权势人物的反对。雅典法律于公元前416年禁止喜剧讽刺个人，从此旧喜剧逐渐转变为“中期喜剧”。中期喜剧很少批评政治，只是讽刺宗教、哲学、文学，评论一般社会问题。阿里斯托芬的《公民大会妇女》和《财神》已经具有中期喜剧的特点。

阿里斯托芬的人物都是一些类型，缺少个性和内心特征。诗人惯于采用夸张手法以产生戏剧效果，因此他的人物与历史上的人物有一定的距离，但本质上是真实的。

阿里斯托芬的歌队多种多样，由骑士、马蜂、云、鸟等组成，带有明显的寓言色彩。在他的早期喜剧中，歌队占据重要地位，它参加剧中的活动，推动剧情向前发展。他后期喜剧中的歌队则失去了重要地位。

阿里斯托芬的想象力非常丰富，他剧中的情节都是虚构的，往往流于荒诞，但主题是现实的。戏剧的结构一般都很简单，有些松散。他常常在剧中提出一个重要问题，剧中人物甚至歌队都环绕着这个问题进行辩论，最后出现欢乐场面，以宴会、婚礼等结束。

阿里斯托芬的风格是多样化的。他的“开场”往往充满民间滑稽剧的插科打诨。他的“对驳场”点明主题思想，比较严肃。在剧中人物代表诗人说话的时候，严肃与诙谐交织在一起。他的诗采用民间的朴素语言，杂有城市人的优雅词句。至于他的合唱歌则是以优美的抒情风格写成的。

阿里斯托芬在古代很受人称赞。希腊化时期和罗马时期的学者十分推崇他的非凡的智慧、尖锐的讽刺和优美的风格。阿里斯托芬的喜剧在文艺复兴时期再度引起人们的重视。从17世纪起，他的喜剧对欧洲文学产生了广泛的影响。法国的剧作家拉辛模仿阿里斯托芬的《马蜂》，写《爱打官司的人》。英国的小说家斯威夫特也曾受到阿里斯托芬的影响；菲尔丁曾模仿古希腊旧喜剧写政治讽刺剧。歌德改编过《鸟》，海涅自称是阿里斯托芬的继承者。

十一　伊索克拉底

伊索克拉底（Isocrates，公元前436—前338），雅典演说家、修辞学家。幼时家庭富有，曾在高尔吉亚斯门下学习修辞术。他接受了苏格拉底的伦理思想和智者派传授的新知识。公元前391年左右，他开始在雅典讲授政治学、历史、文学、修辞学。他强调道德训练，要求门弟子行为正直。他传下二十一篇演说辞。公元前380年，他在奥林匹克运动会上发表《泛希腊集会辞》，提议讨伐波斯，敦促雅典与斯巴达和睦相处。他认为波斯人必败，讨伐波斯可以缓和希腊的内部矛盾，克服经济困难。公元前368年，他劝西西里叙拉古的僭主狄奥尼西奥斯一世攻打波斯。公元前346年，他又劝马其顿王腓力联合希腊各城邦攻打波斯。公元前338年，希腊联军被腓力击溃。同年秋天，伊索克拉底去世。

伊索克拉底认为政治演说应当首先重视实际政治问

题，题材必须重大，思想必须崇高。他反对当时智者派不重视真理，弄虚作假。他把语言看作性格的表现，高尚品德的反映。他认为散文应当有节奏，主张采用常用词，但也强调隐喻词的重要性。他重视字音的和谐，认为应避免两词之间的元音碰到一起，避免不好读的字音。他首先采用环形句，不赞成用联系词连接起来的串联句。他喜欢采用等长对称的句子。他的散文风格流畅，文字精致，音调和谐，但有时过于整齐，显得单调。亚里士多德把《泛希腊集会辞》当作希腊语的标准散文。伊索克拉底的风格被罗马作家西塞罗继承下来，成为后世欧洲散文的典范。

十二　狄摩西尼

狄摩西尼（Demosthenes，公元前384—前322），古代雅典演说家。曾在伊赛奥斯门下学习修辞术。在他的名义下，传下六十一篇演说辞，但一般认为只有三十四篇是他的作品。

马其顿王腓力从公元前352年起就向希腊扩张，干涉希腊的事务。公元前341年，狄摩西尼发表《第三篇反腓力辞》，揭露马其顿王的真实意图。这是狄摩西尼最有力量的演说，产生了很大效果。公元前338年，腓力在凯罗涅亚击败希腊联军，狄摩西尼参加了这次战争。战后，他回到雅典主持防务，并被推选发表葬礼演说。公元前336年，克忒西丰建议给狄摩西尼加冠，以感谢他对城邦的贡献；埃斯基涅斯认为不合法，提出控诉。公元前330年，此案提交审判，狄摩西尼发表《金冠辞》，为他的政策辩护。这是他最有名的演说。公元前336年，腓力被刺。次年，亚历山大镇压了忒拜人的起义，要求雅典交出狄摩西尼。公元前324年，狄摩西尼被控告接受贿赂，被判有罪。次年，亚历山大死后，他在流亡中又游说伯罗奔尼撒的一些城邦反抗马其顿的统治，因此被雅典人召回。公元前322年，马其顿军队击溃希腊联军，雅典投降。狄摩西尼在被捕时服毒自尽。

狄摩西尼的演说辞很有说服力，他能用简练的语言取得很大效果。他的散文风格庄严简洁，明白流畅，生动自然，时时流露出强烈感情，最能激动人心。他能根据不同情况而改变演说风格，有时候像吕西阿斯那样质朴，有时候像伊索克拉底那样精致。他还偶尔采用诗的词汇以增加演说辞的文采。他善于使用隐喻，但是更多使用平易的日常用语。他重视语言的节奏、声调的和谐与文字的自然顺序，而不使用倒装句法。他的演说辞被后世认为是古希腊散文的典范。

十三　亚里士多德

亚里士多德（Aristoteles，公元前384—前322），古希腊哲学家、自然科学家、文艺理论家。生于卡尔基狄克半岛的斯塔吉罗斯城，父亲是著名的医生，受到马其顿王阿明塔斯二世的器重。亚里士多德从小对自然科学感兴趣，可能受他父亲影响。他17岁时到雅典做柏拉图的弟子，柏拉图死后，他离开学园到小亚细亚的阿索斯从事学术研究，这里当时是研究柏拉图哲学的一个中心。公元前343、公元前342年间，应马其顿王腓力邀请担任王子亚历山大的师傅，主要讲授荷马史诗和悲剧。公元前335年腓力死后，他回到雅典，创办一所学院，收集了不少抄本、地图和其他科学研究资料。在他的领导下，编成许多有关动物学、天文学、物理学、形而上学、数学等方面的著作。公元前323年，亚历山大死后，雅典出现反对马其顿统治的运动，亚里士多德离开雅典，前往卡尔基斯，次年病死。

亚里士多德的文艺理论著作传世的有《诗学》和《修辞学》。《诗学》主要讨论悲剧和史诗，论喜剧的部分已失传。《诗学》针对柏拉图的哲学和美学思想，就文艺理论上两大根本问题做了深刻的论述。第一个问题是文艺与现实的关系问题。柏拉图认为现实世界是理式（一译“理念”，本义是“原型”）世界的摹本，而艺术作品则是摹本的摹本。这样柏拉图就否定了现实世界的真实性，因而也否定了艺术作品的真实性。亚里士多德认为艺术作品所模仿的对象是“人的行动、生活”，他这样就肯定了现实世界的真实性。第二个问题是文艺的社会功用问题。柏拉图把感情当作人性中的卑劣部分，他攻击诗人逢迎人心的非理性部分，损害了理性，使人失去对感情的控制。亚里士多德则认为感情是人所不可少的，是对人有益的。他说，悲剧的功用在于引起怜悯与恐惧的感情，使这种感情得到宣泄（或净化），这样，人的心理就恢复了健康。另一种解释是，使这种感情得到陶冶，也就是说，使怜悯与恐惧保持适当的强度，借此获得心理上的平衡。总之，亚里士多德认为悲剧对社会道德可以起良好的作用。

亚里士多德认为各种艺术的创作过程都是模仿自然。他所说的模仿是再现和重新创造的意思。他认为诗人应创造合乎或然律或必然律的情节，反映现实中本质的、普遍的东西。所以艺术应该比普通的现实更高，诗也比历史更高。这种模仿既然要揭示事物内在的本质和规律，因此艺术可以帮助人更好地认识客观现实。这个看法是亚里士多德对美学思想最有价值的贡献之一。

亚里士多德指出，人对于模仿自然的作品总会感到快感，悲剧能给人以快感，情节的安排、色彩、文字、音乐的美都能给人以快感，他这样肯定了艺术的价值。

亚里士多德把文艺作品的创作过程看作一种理性活动，而不归功于灵感。他所要求于诗人的是清醒的头脑。

亚里士多德指出，悲剧艺术的组成包括故事情节、人物性格、语言、思想（指思考力）、形象（指面具和服装）和歌曲。其中最重要的是情节，所谓情节，指事件的安排。他强调文艺作品应是一个有机整体。他说："悲剧是一个严肃、完整、有一定长度的行动的模仿。"情节要有一定的安排，要有内在的密切联系，而且要完整，就是说要有头，有身，有尾。任何部分一经挪动或删削，就会使整体松动脱节。要是某一部分是可有可无的，变动它并不引起显著差异，那它就不是整体中的有机部分。亚里士多德只强调情节的统一，这是戏剧创作的一个重要原则。至于后世提出的"三一律"中的"时间的统一"和"地点的统一"，则是出于对《诗学》的误解。

亚里士多德认为剧中人物的性格必须善良，性格还必须适合人物的身份，必须与真人相似，而又比一般人更好，更美，也必须合乎事物的必然律或或然律。

《诗学》在古代曾长期被埋没。它对后世欧洲文学的影响开始于15世纪末叶。17世纪的法国文艺理论家布瓦洛的《诗艺》，就是模仿亚里士多德的《诗学》写成的，成为权威性的美学经典，在古典主义文学运动中起了决定性的作用。在马克思主义美学产生以前，亚里士多德的理论成为西方美学概念的主要根据。

“修辞学”指演说的艺术。古希腊的演说辞是主要的散文，因此演说术也就是散文的艺术。

亚里士多德认为修辞术是论辩术的对应物。论辩术指哲学上的问答式论辩的艺术。问者根据对方所承认的命题推出引论来驳倒对方，从而获胜。亚里士多德认为修辞术也是一种艺术，这是对柏拉图把修辞术贬低为“卑鄙的骗术”的回答。

演说中提出的证明主要是用“修辞式推论”（演绎法）推出来的。修辞式推论的前提是或然的事，因为演说中所讨论的事都有另一种可能，所以修辞式推论就是“或然式推论”。

亚里士多德认为听众对演说者的态度不同，他们的判断就不同，所以演说者必须懂得听众的心理。他进而分析感情，如愤怒、友爱、恐惧、怜悯等。演说者还必须了解听众的性格，要了解人们的不同性格才能激发或抑制他们的感情。这是欧洲文学史上最早的性格分析。

亚里士多德的《修辞学》的头两卷主要讨论修辞术的题材和说服的方法，他认为这些是修辞学的主要内容。第三卷讨论演说的形式——风格与结构。

亚里士多德首先指出，文章应求其容易诵读，这是一条有用的原则。

关于风格，亚里士多德说，散文的风格不同于诗的风格。散文的美在于明白表达思想，散文的风格不能流于平凡，也不能过分夸张，而应当求其适度。他特别重视隐喻的使用。他说，隐喻可以使风格有所提高而不流于平凡。不要说“生命的老年”，而要说“生命的夕阳”。这一类的隐喻最能使文章风格鲜明，引人注意。至于附加词（包括性质形容词），亚里士多德则认为如果用得太多，会暴露作者的技巧，而且使散文变成诗。然而这种词又非用不可，因为它们可以使风格不致流于平凡。使用这种词要掌握分寸，否则比不使用更有害。亚里士多德又指出，各种技巧的使用，都必须掌握分寸。他强调说，作家必须把技巧掩盖起来，使语言显得自然而不矫揉造作；话要说得自然才有说服力，矫揉造作适得其反。这是一条重要的创作原则。

至于散文的句法，亚里士多德认为应当采用紧凑的环形句，而不应当采用松弛的串联句。环形句指本身有头有尾，有容易掌握的长度的句子，这种句子有如圆圈，自成整体，有别于用联系词连接的直线式的串连体。

至于节奏问题，他主张散文的形式不应当有格律，但也不应当没有节奏，没有限制；因为没有限制的话是不讨人喜欢、不好懂的。在西方语言里，这成了一条非常重要的原则。

亚里士多德的《修辞学》是一部论述古代散文写作的科学著作，它为罗马以及后世欧洲的修辞学的发展奠定了基础。

十四　米南德

米南德（Menandros，约公元前342—前291），古希腊新喜剧诗人。生于雅典，贵族出身。中期喜剧诗人阿勒克西斯是他的叔父，教过他写戏。米南德是亚里士多德的吕刻昂学院的继承人泰奥弗拉斯托斯的弟子，他知道亚里士多德的戏剧理论，读过泰奥弗拉斯托斯的《性格种种》。米南德同哲学家伊壁鸠鲁有交往，在哲学思想方面受过他的影响。雅典总督得墨特里奥斯是米南德的朋友，总督被推翻后，米南德受到审判，他的喜剧一度被拒绝上演。米南德写了一百零五部剧本，得过八次奖。古希腊新喜剧只传下米南德的两部完整的剧本《恨世者》《萨摩斯女子》和残剧《公断》《割发》《赫罗斯》《农夫》等，前两部剧本是20世纪60年代以后发现的，残剧主要是1905年发现的。

《恨世者》于公元前317年或公元前316年上演，获得奖赏。剧中有一个名叫克涅蒙的老农人，愤世嫉俗，认为人们都只为自己，不顾旁人，因此不同别人来往。有一个名叫索斯特拉托斯的城市青年爱上了克涅蒙的女儿，前来求婚。克涅蒙不慎落到井里，由他妻子的前夫的儿子戈尔吉阿斯和索斯特拉托斯救起来。这就使他改变了对人们的看法。他感谢戈尔吉阿斯，分了一部分财产给他；他以为索斯特拉托斯是个庄稼人，品质优良，便把女儿许配给他。这剧是米南德的早期作品，艺术上还不够成熟，戏剧冲突没有真正建立起来，性格描写比较差。《萨摩斯女子》中有一个名叫摩斯基昂的年轻人和邻家女子佛兰贡有私情，生了一个儿子。婴儿交给摩斯基昂的养父得墨阿斯的情妇克律西斯喂养。得墨阿斯旅行归来，探听到婴儿的父亲是摩斯基昂，就把克律西斯赶出家门。佛兰贡的父亲尼克拉托斯出来说，他的女儿生了一个儿子，得墨阿斯听了，感到欣慰。尼克拉托斯后来得知摩斯基昂是他女儿的孩子的父亲，于是双方家长为他们举行婚礼。这剧在艺术上比较成熟，情节曲折，性格鲜明。

米南德最著名的喜剧是《公断》，现存全剧三分之二。剧中的雅典人卡里西奥斯得知妻子潘菲勒于婚后五个月生了一个孩子，愤而离家，包下一个名叫哈布托农的竖琴女，却又没有和她发生关系。有一个名叫达奥斯的牧羊人拾到一个婴儿，送给一个名叫叙里斯科斯的烧炭人，这人后来向他索取婴儿的证物。双方同意请一个老年人（婴儿的外祖父斯弥克里涅斯）给他们公断，判决是："留给孩子的东西都归孩子。"叙里斯科斯得到的证物中有一戒指。哈布托农弄到这戒指，凭这一线索发现婴儿的父亲是卡里西奥斯，这人曾在几个月前和一个女子有私情，并把这只戒指赠给她。于是夫妇二人复归和好。这剧的情节模仿欧里庇得斯的悲剧《伊翁》。剧中人物性格鲜明，全剧结构复杂、紧凑。

米南德的另一部杰作是《割发》，现存全剧的一半。剧中的科林斯人帕泰科斯抛弃了他的孪生儿女。一个年老的妇人收养了女孩格吕克拉，而把男孩摩斯基昂送给了一个名叫米里娜的妇人。帕泰科斯后来娶米里娜为妻。格吕克拉因为穷，和军人波勒蒙同居。有一天，摩斯基昂遇见格吕克拉，要同她拥抱，格吕克拉知道摩斯基昂是她的同胎，没有拒绝。波勒蒙撞见后，愤而用剑割去了格吕克拉的卷发。后来大家认识，波勒蒙也同格吕克拉和好。这部剧作在古代甚是有名。

在米南德生活的时代，雅典处在马其顿的高压之下，没有言论自由，不能谈论政治。米南德的作品通过爱情故事和家庭关系，反映当时的社会风尚，表现青年男女要求自由自主的愿望。米南德企图调和阶级矛盾，他提倡平等、宽大、仁慈。他的喜剧以性格描写取胜。他认为人们的幸运与不幸取决于本人的性格，这是伊壁鸠鲁的思想。

米南德的语言优美。他的诗体明白如话，接近散文。剧中没有插科打诨，没有粗鲁的词句。

米南德在世时和死后都很有名。公元前3世纪亚历山大城的学者阿里斯托芬曾经叹道：“米南德啊，人生啊，你们俩究竟谁模仿谁？”1世纪罗马文艺批评家昆提利安把米南德的作品比作“人生的镜子”。罗马喜剧家普劳图斯和泰伦提乌斯改编过米南德好几个喜剧，米南德的作品因此而对欧洲文艺复兴时期和现代的喜剧发生影响。

国家新闻出版广电总局
首届向全国推荐中华优秀传统文化普及图书

‖大家小书书目

经典常谈	朱自清　著
语言与文化	罗常培　著
习坎庸言校正	罗　庸　著　杜志勇　校注
鸭池十讲（增订本）	罗　庸　著　杜志勇　编订
古代汉语常识	王　力　著
国学概论新编	谭正璧　编著
文言尺牍入门	谭正璧　著
日用交谊尺牍	谭正璧　著
敦煌学概论	姜亮夫　著
训诂简论	陆宗达　著
金石丛话	施蛰存　著
常识	周有光　著　叶　芳　编
文言津逮	张中行　著
中国字典史略	刘叶秋　著

古典目录学浅说	来新夏　著
闲谈写对联	白化文　著
怎样使用标点符号（增订本）	苏培成　著
诗境浅说	俞陛云　著
唐五代词境浅说	俞陛云　著
北宋词境浅说	俞陛云　著
南宋词境浅说	俞陛云　著
人间词话新注	王国维　著　滕咸惠　校注
苏辛词说	顾　随　著　陈　均　校
诗论	朱光潜　著
唐诗杂论	闻一多　著
诗词格律概要	王　力　著
唐宋词欣赏	夏承焘　著
槐屋古诗说	俞平伯　著
词学十讲	龙榆生　著
词曲概论	龙榆生　著
中国古典诗歌讲稿	浦江清　著 浦汉明　彭书麟　整理

唐人绝句启蒙	李霁野　著
唐宋词启蒙	李霁野　著
古典文学略述	王季思　著　王兆凯　编
古典戏曲略说	王季思　著　王兆凯　编
唐宋词概说	吴世昌　著
宋词赏析	沈祖棻　著
道教徒的诗人李白及其痛苦	李长之　著
闲坐说诗经	金性尧　著
陶渊明批评	萧望卿　著
舒芜说诗	舒　芜　著
名篇词例选说	叶嘉莹　著
唐诗纵横谈	周勋初　著
楚辞讲座	汤炳正　著
	汤序波　汤文瑞　整理
好诗不厌百回读	袁行霈　著
山水有清音	
——古代山水田园诗鉴要	葛晓音　著

门外文谈	鲁　迅　著
我的杂学	周作人　著　张丽华　编
论雅俗共赏	朱自清　著
文学概论讲义	老　舍　著
中国文学史导论	罗　庸　著　杜志勇　辑校
给少男少女	李霁野　著
鲁迅批判	李长之　著
英美现代诗谈	王佐良　著　董伯韬　编
三国谈心录	金性尧　著
夜阑话韩柳	金性尧　著
英语学习	李赋宁　著
漫谈西方文学	李赋宁　著
历代笔记概述	刘叶秋　著
笔祸史谈丛	黄　裳　著
古典诗文述略	吴小如　著
有琴一张	资中筠　著
鲁迅作品细读	钱理群　著
唐宋八大家 ——古代散文的典范	葛晓音　选译

红楼梦考证	胡　适　著	
《水浒传》与中国社会	萨孟武　著	
《西游记》与中国古代政治	萨孟武　著	
《红楼梦》与中国旧家庭	萨孟武　著	
《金瓶梅》人物	孟　超　著	张光宇　绘
水泊梁山英雄谱	孟　超　著	张光宇　绘
《红楼梦》探源	吴世昌　著	
《西游记》漫话	林　庚　著	
细说红楼	周绍良　著	
红楼小讲	周汝昌　著	周伦玲　整理
曹雪芹的故事	周汝昌　著	周伦玲　整理
古典小说漫稿	吴小如　著	
三生石上旧精魂 ——中国古代小说与宗教	白化文　著	
《金瓶梅》十二讲	宁宗一　著	
古体小说论要	程毅中　著	
近体小说论要	程毅中　著	
文学的阅读	洪子诚　著	
中国戏曲	么书仪　著	

中国史学入门	顾颉刚　著　何启君　整理
秦汉的方士与儒生	顾颉刚　著
三国史话	吕思勉　著
史学要论	李大钊　著
中国近代史	蒋廷黻　著
民族与古代中国史	傅斯年　著
五谷史话	万国鼎　著　徐定懿　编
民族文话	郑振铎　著
史料与史学	翦伯赞　著
唐代社会概略	黄现璠　著
清史简述	郑天挺　著
两汉社会生活概述	谢国桢　著
中国文化与中国的兵	雷海宗　著
两宋史纲	张荫麟　著
明史简述	吴　晗　著
北宋政治改革家王安石	邓广铭　著
从紫禁城到故宫 ——营建、艺术、史事	单士元　著
史学遗产六讲	白寿彝　著

司马迁之人格与风格	李长之　著
司马迁	季镇淮　著
唐王朝的崛起与兴盛	汪　篯　著
二千年间	胡　绳　著
论三国人物	方诗铭　著
考古发现与中西文化交流	宿　白　著
中国古代国家的历史特征	张传玺　著
艺术、神话与祭祀	张光直　著 刘　静　乌鲁木加甫　译
中国古代衣食住行	许嘉璐　著
中国古代史学十讲	瞿林东　著
黄宾虹论画	黄宾虹　著
中国绘画史	陈师曾　著
和青年朋友谈书法	沈尹默　著
中国画法研究	吕凤子　著
桥梁史话	茅以升　著
中国戏剧史讲座	周贻白　著
俞平伯说昆曲	俞平伯　著　陈　均　编

新建筑与流派	童　寯　著	
论园	童　寯　著	
拙匠随笔	梁思成　著	林　洙　编
中国建筑艺术	梁思成　著	林　洙　编
沈从文讲文物	沈从文　著	王　风　编
中国画的艺术	徐悲鸿　著	马小起　编
中国绘画史纲	傅抱石　著	
中国舞蹈史话	常任侠　著	
海上丝路与文化交流	常任侠　著	
世界美术名作二十讲	傅　雷　著	
中国画论体系及其批评	李长之　著	
金石书画漫谈	启　功　著	赵仁珪　编
吞山怀谷 ——中国山水园林的艺术	汪菊渊　著	
中国古代音乐与舞蹈	阴法鲁　著	刘玉才　编
梓翁说园	陈从周　著	
旧戏新谈	黄　裳　著	
民间年画十五讲	王树村　著	姜彦文　编
民间美术与民俗	王树村　著	姜彦文　编

长城史话	罗哲文　著
中国古园林概说	罗哲文　著
现代建筑奠基人	罗小未　著
世界桥梁趣谈	唐寰澄　著
如何欣赏一座桥	唐寰澄　著
桥梁的故事	唐寰澄　著
园林的意境	周维权　著
万方安和 ——皇家园林的故事	周维权　著
现代建筑的故事	吴焕加　著
中国古代建筑概说	傅熹年　著
国学救亡讲演录	章太炎　著　蒙　木　编
简易哲学纲要	蔡元培　著
大学教育	蔡元培　著 北大元培学院　编
老子、孔子、墨子及其学派	梁启超　著
中国政治思想史	吕思勉　著
天道与人文	竺可桢　著　施爱东　编

春秋战国思想史话	嵇文甫　著	
晚明思想史论	嵇文甫　著	
新人生论	冯友兰　著	
中国哲学与未来世界哲学	冯友兰　著	
谈美书简	朱光潜　著	
中国古代心理学思想	潘　菽　著	
民俗与迷信	江绍原　著	陈泳超　整理
佛教基本知识	周叔迦　著	
儒学述要	罗　庸　著	杜志勇　整理
希腊漫话	罗念生　著	
佛教常识答问	赵朴初　著	
大一统与儒家思想	杨向奎　著	
孔子的故事	李长之　著	
西洋哲学史	李长之　著	
乡土中国	费孝通　著	
社会调查自白	费孝通　著	
经学常谈	屈守元　著	
墨子与墨家	任继愈　著	
汉化佛教与佛寺	白化文　著	
中西之交	陈乐民　著	

出版说明

“大家小书”多是一代大家的经典著作，在还属于手抄的著述年代里，每个字都是经过作者精琢细磨之后所拣选的。为尊重作者写作习惯和遣词风格、尊重语言文字自身发展流变的规律，为读者提供一个可靠的版本，“大家小书”对于已经经典化的作品不进行现代汉语的规范化处理。

提请读者特别注意。

北京出版社